# 塩と運命の皇后

ニー・ヴォ
金子ゆき子 訳



集英社文庫

# 目次

# 塩と運命の皇后

THE EMPRESS OF
SALT AND FORTUNE

# 塩と運命の皇后

# 登場人物

チー……………………………シンギングヒルズ大寺院の聖職者
オールモスト・ブリリアント……歴史を記憶し、伝える鳥（ネイシン）の一羽
ラビット………………………インヨー皇后に仕えた侍女
インヨー皇后…………………政略結婚により、北の国からやって来た皇后
サン帝…………………………インヨーが嫁入りした南の国の皇帝
カオファン……………………サン帝の後宮で一番美しかった妃
チャン・フォン………………インヨー皇后が頼りにした占い師の一人
スカイ…………………………インヨー皇后が頼りにした占い師の一人
ワンタイ・マイ………………インヨー皇后が頼りにした占い師の一人
ヤン・リアン…………………男装の芸術家
カズ……………………………インヨー皇后の屋敷に送りこまれた妃の一人

家族へ

# 1

「あれはきっと、あんたを取って食うつもりだよ」と近くの木の枝から戴勝《ヤツガシラ》のオールモスト・ブリリアントが叫んだ。「そうなっても、同情してやらないからね」

鈴が鳴っている。チーは地面を転がるようにして立ち上がり、あたりに視線を投げ、狭い野営地を囲んで揺れている鈴付きの紐《ひも》に目を凝らした。ほんの一瞬、チーはシンギングヒルズ大寺院に戻った気になり、次の祈禱《きとう》や雑務や授業に出遅れたかと思ったが、シンギングヒルズは亡霊やじめじめした松の大枝の臭いなどしない。シンギングヒルズはチーの腕の毛を逆立てたり、心臓を恐怖で縮みあがらせたりしない。

鈴はまた静かになった。

「あれが何だったにせよ、通りすぎた。もう下りてきて大丈夫」

オールモスト・ブリリアントはさえずって、その二種類の音色で疑念といらだちの両方を表明したものの、それでも舞い降りてくると、そわそわしながらチーの頭の上に陣取った。

「このあたりはまだ封印されているはず。〈深紅の湖〉はもう、すぐそこだ」

「そもそも封印なんてされてたら、ここまでたどり着けてないよ」チーは、少しの間思案してから涼鞋《サンダル》を履き、鈴付きの紐の下をくぐった。

オールモスト・ブリリアントは慌てて羽ばたき、今度はチーの肩にとまった。

「聖職者チー、野営地に戻りなさい！　殺されに行くようなもんだ。あの子がこんなに無責任なことをしたって、院長にお伝えしなきゃいけなくなる」

「うまく申し開きしておいて」とチーはうわの空で言った。「さあ、口を閉じて。さっきの音が何なのか分かった気がする」

オールモスト・ブリリアントは不満げな羽音を立てながらも、チーの肩にさらに強く摑《つか》まった。チーは強気を装っていたが、その実、肩の上のささやかな重みに力づけられていたので、手を伸ばして冠羽《かんむりばね》にそっと触れてから松の木の間を抜けていった。

このあたりに道がないことは分かっている。先ほど白松の林を横切ってきたときに、生い茂った蕨《わらび》と落ちた大枝の下にかつての道を見つけたものの、もはや二輪馬車ですら通れないあり様だった。以前は〈深紅の湖〉と王家の街道をつないでいた道なのだろう、とチーはにらんでいる。非常に仕事熱心な帝国魔術師によって湖があらゆる地図から消去されて、事実上消滅させられる前の時代の話だ。

　日の出ているうちは道がないが、夜になるとあきらかに様子が一変する。木々の間をはしけ船のように幅広い道が走り、その両側には色褪《いろあ》せた亡霊たち、かつて〈深紅の湖〉を守っていた者たちが並ぶ。つい二、三か月前にもチーは聞き及んだところだ。亡霊たちは道を横切るどんな生き物にも襲いかかり、八つ裂きにして、それでもまだ腹がすいてたまらないと泣きじゃくっているらしい、と。

　しかし、今、チーたちの目は東から、つまり〈深紅の湖〉の方角から亡霊の道を進んでくる輿《こし》に釘付《くぎづ》けになっている。輿を担いでいるのは面紗《ベール》をかぶった六人の男たちだ。彼らの足は地面からわずかに浮いている。月明かりの下であらゆるものが銀色に染まっているが、チーの察するところ、輿は本来ならば帝国の色である赤と金のはずだ。そして、幕には帝国の古代象《マンモス》と獅子《しし》が豪華絢爛《ごうかけんらん》に刺繍《ししゅう》されているに違いない。

　この世で古代象と獅子を掲げる権利があるのは、ある一人の女性だけであり、当の女性は都で開く最初の龍《ドラゴン》会議で戴冠することになっている。

　そうは言っても、とチーは思いながら、気持ちを落ち着かせるためにオールモスト・ブリリアントを片手で包みこんだ。そうは言っても、生者の中ではその方だけ、ということだ。

輿が通りすぎる間、チーは周りの亡霊たちと同じくらい深々と頭を下げ、亡き陛下が垂れ布を開いて顔を見せてくれますように、と懸命に祈った。かつて子どもの時分にホウクセンで垣間見た、幾重もの絹の衣に身を包んだ皺《しわ》だらけの姿だろうか。それとも永遠の夏が終わる前、古代象《マンモス》が獅子を蹂躙《じゅうりん》する前、アン帝国に初めてやって来たときのはるかに年若い娘の姿、〈塩と運命の皇后〉の姿だろうか。

チーが身を起こしたとき、亡霊と道と貴人は影も形もなく、あるのは自身の高鳴る心臓だけだった。

「見た？」やっとのことで身震いを止めたオールモスト・ブリリアントに、チーは尋ねた。

「ああ」と戴勝《ヤツガシラ》は答えた。普段の甲高い声音は抑えられている。「あんたがむごたらしく死ぬんじゃないかと心配したけど、いいもの見たね」

チーは声をあげて笑い、オールモスト・ブリリアントの冠羽を指で撫《な》でつけ、すぐそこの野営地まで戻っていった。

「さあさあ、あと二、三時間は眠れる。それから荷造りしてまた歩き出さないと」

白樺《しらかば》の木がまばらに生えた荒野をさらに二日かけて抜け、暮れ方に〈深紅の湖〉の細長い岸辺まで来た。ほぼ完璧な円形をなす湖は、この地に落ちた流れ星からできたもので、湖岸のさらに奥には亡きあの方の屋敷に葺《ふ》かれた緑色の低い瓦屋根が見えた。驚いたことに、湖面まで張り出した露台に灯籠《ランタン》が一つ灯《とも》されている。

「まさかもう略奪者が？」

ところが、チーの見ている前で、屋敷から一人の老女がきびきびとした足取りで出てくると、手摺《てす》りまで来て湖面を眺めてから、星々が進み出てきつつある藍色の空に目をやった。チーがどうしようかと思案していたところ、老女がこちらに気付いた。

「いらっしゃいな！　ここからのほうが湖をよく見られるから！」

オールモスト・ブリリアントは口をつぐんでいた。そこで、チーは岩だらけの湖岸を用心しながら進み、浅い階段を上がって露台までたどり着いた。ちょうど空から最後の薄紅色の光が消えたところだった。老女はもっとそばに来なさいと手招きした。

「さあ、間に合ったわね」

老女はチーに、手摺りの上の小皿から胡麻煎餅《ごませんべい》を好きに取って食べるように身振りで伝えたものの、そう伝えた本人は心ここにあらずといった様子で、片手に煎餅を一枚握りしめたまま黒い水面を眺めている。ほどなくして老女は灯籠の灯芯をいじり、明かりを弱めた。

「おばあさん、私たちがここへ来たのは――」

「しっ、お嬢さん。始まるわよ」

頭上には急速に暗くなっていく空。周囲には白樺の荒野を覆う暗闇。そして、眼前には〈深紅の湖〉が、まるで夜闇しか映さない鏡のように広がっている。最初、チーは錯覚だと思い、何かを凝視しすぎたときに見える幻にすぎないと考えたが、やがて現実だと気付いた。それは湖水そのものが発する微光で、さながら消えかかった囲炉《いろ》裏《り》の火が最後の最後に放つ微《かす》かな光のようだった。

「これは――」

「しっ。ほら、見てなさい」

チーが息を潜めていると、くすんだ赤色の輝きがぱっと明るくなり、新年の花火の火の粉のように湖面を渡っていった。あまりにまぶしく、こう近いとほとんど直視できない。光は水面から溢《あふ》れ出て、岸辺の木々一本一本も、湖面の夜鳥の黒い輪郭も、隣に立っている老女が嬉《うれ》しそうにほころばせる皺だらけの顔も、くっきりと浮かび上がらせた。

「今夜だろうとにらんでたのよ。まだ少し寒いけど、もっと早い年もあったから」

チーは老女と肩を並べて立ち、眼前の花火に似た光景に見入っていた。赤い光は明るさの頂点に達した途端、また暗くなりはじめた。チーは頭の中で数を数えた。百まで数える頃には、赤みを帯びた光が水面に微かに残るだけになっていた。

老女は幸福そうにため息をつき、灯籠《ランタン》の光を元の明るさに戻した。

「毎回、初めて見た心持ちになるのよ。六十年ぶりに見たんだけれどね。中へお入りなさい。年寄りのもろい骨にはまだ堪《こた》える寒さだわ」

チーはこの世に人畜無害な人間などいないと分かるほどの年齢になっていたものの、それでも年配の女性の命令口調にはとっさに従ってしまうほど若くもあった。あとに続いて屋敷へ入ると、幾つもの行灯《あんどん》が老女の手で灯された。入った小部屋は湿っぽく、冷えていたが、明かりのおかげで少しはましだった。からっぽの囲炉裏を囲んで革製の座布団に腰を下ろすと、老女は少々顔を寄せてチーを見つめ、その坊主頭、鈴付きの紐、藍色の衣に気付いた。

「あらあら、間違えてしまった。お嬢さんだなんてとんでもない。聖職者さんね」

チーはほほ笑んだ。

「よく間違われます、おばあさん。でも、お察しの通り。私はシンギングヒルズ大寺院の聖職者、チーといいます。こちらの羽毛だらけの小さな厄介者は、オールモスト・ブリリアントという名です」

オールモスト・ブリリアントはチーの紹介の言葉に憤然として甲高く鳴くと、屋敷の女主人の前に舞い降りて、細いくちばしで二回、手前の床を叩《たた》くという作法を披露した。

「お近づきになれて大変光栄に存じます、御方様」とオールモスト・ブリリアントは不平がましいしゃがれ声で言った。

「こちらこそ光栄だわ、オールモスト・ブリリアントさん。そちらの聖職者さんがシンギングヒルズから来たということは、あなたは歴史を記憶するネイシンの一羽なのでは？」

オールモスト・ブリリアントは誇らしげに羽毛を膨らませた。「そうですとも、御方様。エバー・ビクトリアスとオールウェイズ・カインドの末裔《まつえい》です。私たちの記憶はシュン王朝にまでさかのぼれます」

「なんて素晴らしいんでしょう。あまりに多くのネイシンがサン帝の御世に殺されてしまったわね。もう目にすることはないと思っていたのよ」

「シンギングヒルズの鳥小屋は焼かれてしまいましたが、当時の院長が巣作り中だった三組のつがいを、フー河の向こうで暮らす親類のもとへ送ったのです」とチーは言った。「その中にはオールモスト・ブリリアントの曾祖父母も含まれていました。おばあさん、ネイシンのことをご存じなら、この鳥たちがあらゆる物事に位置付けと名前を必要とすることもご存じでしょう」

「あなたもそれを必要とするんじゃなくって、聖職者さん？　いいでしょう。私の姓はスン。でも、私自身はずっとラビットと呼ばれてきた」老女はにっこりと笑い、他よりも長い二本の前歯を見せた。

「これのせいで子どもの時分はよくからかわれたものだけど、今、これだけ老いさらばえた身でも歯は一本も抜けてないわ」

オールモスト・ブリリアントは満足げにさえずり、チーは笑顔を見せた。

「歴史の一頁《ページ》へようこそ、おばあさん。近くにお住まいなんですか？　封印解除についての知らせを受けたときは、まさか他の誰かが〈深紅の湖〉へ一番乗りするとは思ってもみませんでした」

「家が街道沿いで宿屋を営んでいるものでね。変よね、湖の赤い輝きのせいで、この一帯は呪われていると地元で信じられてきた。でも、私は昔から美しいと思っていたのよ、焚火《たきび》や花火のようにね。あなたが来て、オールモスト・ブリリアントも来た以上、〈深紅の湖〉の真の歴史が伝わることになるんだから嬉しいわ」

チーはラビットの言葉にほほ笑んだ。聞いていると、前の院長を少し彷彿《ほうふつ》とさせるところがある。前院長は、武将や権力者に話しかけるように、花屋や麵麭《パン》屋にも沢山話しかけなさい、と見習いたちをいつも諭していた。的確さが何よりも大事だよ。普通の人々のことを覚えていなければ、決して偉大な人々のことなど覚えていられないからね。

「私は来月の日食と新女帝の最初の龍《ドラゴン》会議に合わせて、都に入る予定なのですが、インヨー様の時代に封印された場所がすべて解放されるという知らせを受けたとき、ちょうどカイリンにいたのです。〈深紅の湖〉まであと少しとあっては、誘惑に勝てませんでした」

ラビットは人懐こそうに笑った。

「〈栄える富〉の秘密をあばく最初の人になりたいという誘惑にも勝てなかったんでしょ、聖職者チー？」

「野心がいくらかあって立ち寄ったことは否定しませんが、〈栄える富〉という名前は初耳です」

「そうでしょうね。インヨー様の女官たちが都から初めてここへ来たとき、勝手にそう名付けたのだから。冗談のようなものよ。全員が宮中から来た人たちで、蛮族出身の皇后と一緒に僻地《へきち》へ送られるなんて、あの人たちにとっては災難だったの」

チーは身じろぎ一つせず、その隣でオールモスト・ブリリアントも小首を傾《かし》げている。

「実際に見たような話しぶりですね、おばあさん」

ラビットは鼻息も荒く言う。

「実際に見たのよ。私は女官たちと一緒にはるばるここまで来たし、父を雇って街道から物資を毎週運んでもらうことを提案したのもこの私。あの人たちは父に心付けを一度も渡さなかった。もしかしたら、世界で通用する美しさが十分な心付け代わりになると思ってたのかしらねえ、まったく」

「〈深紅の湖〉でインヨー様が暮らしていた頃のことについてどんなことでも教えていただけませんか、おばあさん。お金はありませんが、食料なら喜んでお分けしますし、雑用のお手伝いでも——」

「結構よ、聖職者さん。食料も体力もとっておきなさい。この屋敷には長い歴史があるから、あなた方が日食までに都に入りたいとなると、相当頑張って聞いてもらわないといけないわね。だけど、今夜はもうくたびれたから、ひとまず寝かせてもらうわ」

ラビットは二つの行灯を残して他の明かりはすべて吹き消し、残ったうちの一つを取り、悠然と片手に携えた。

「もう一つを持って、どうぞ好きな部屋をお使いなさい。私はいつも早起きだから、明日から、あなたのお仕事に必要なことならなんなりと喜んでお手伝いしてあげる」

ラビットは屋敷の奥の暗がりへとそろそろと歩いていき、チーとオールモスト・ブリリアントは囁《ささや》くような足音が消えるまで聞き入った。

「松林に梟《ふくろう》さえいなきゃ、外に出るんだけど」とオールモスト・ブリリアントは不満げに言った。「ここの屋根はどうも気に食わない」

「屋根以外も好きになれそうにないけど、私たちは少なくとも歓迎されている」

屋敷内を少し見てまわったところ、近くに納戸があった。チーが床に寝そべって手足を伸ばせば、四方の壁に触れられるほど小さな部屋だ。携帯寝具を磨きこまれた板張りの床に広げて、それから慎重に、丁寧に、閉じた板戸へ鈴付きの紐を掛けた。

頭上の梁《はり》ではオールモスト・ブリリアントが軒先近くをねぐらに決め、こちらを見下ろしながらも黙っていた。春の寒さに抗して、チーが衣を折り返して体に巻きつけ、ようやく眠りに落ちたとき、夢に出てきたのは悪鬼でもなければ、亡霊でもなく、輝く水面に当たる陽光と貴婦人の化粧台を嗅ぐ一羽の兎《ラビット》だった。

## 2

礼服。絹布、絹糸、紅玉《ルビー》の数珠玉。緑の布地にさらに濃い緑の葉の刺繍。紅玉でできた甲虫が一匹、右袖の緑の葉の上で休んでいる。

寝衣。絹布、平織り綿布、絹糸。暗紫色の平織り綿布が白い絹で縁取られ、襟の内側に古い文字で〈安眠〉と刺繍されている。

上衣《チユニックドレス》。白い毛皮、黒い毛皮、なめし革、象牙。袖に沿って黒の縞《しま》が入った白い毛皮。毛を一部短く刈って、毛皮に波の文様を施している。内側にはなめし革が裏打ちされていて、喉元は象牙の棒状釦《ボタン》で留める仕様。


「それは歯なの」

ラビットが盆に載せた四つの小さな椀《わん》を持って入ってくると、チーとオールモスト・ブリリアントは顔を上げた。椀の一つには油かすがこんもりと入っていて、ラビットにその椀を差し出されたオールモスト・ブリリアントは、梁からばたばたと舞い降りてきて、嬉しそうについばんだ。

「歯ですか?」とチーは尋ね、その象牙に見えた棒状釦にそっと触れた。滑らかな触り心地で、あまりに近くで見るとくらくらしてしまいそうな渦巻き模様が彫られている。海豹《アザラシ》皮の上衣は隅々まで熟練の技で作られているが、杉の箪笥《たんす》に一緒に仕舞われていた絹の衣四着分にも負けないほど重い。

「そうよ。さあ、こっちでつぶし粥《がゆ》を食べましょう。インヨー様から聞いたことを教えてあげるから」

チーは盆を挟んでラビットの向かい側に腰を下ろした。昨夜の警戒心を捨てたわけではないが、日の光の下のラビットは寺院に年中出入りする平修道女によく見かけそうな顔だ。壁に点在する戴勝《ヤツガシラ》の石像や、紙にする木材繊維の匂いのように馴染《なじ》み深い。

粥はまだ温かく、白樺の木の樹液で味付けされている。二人は指を匙《さじ》のように使って粥を口に運び、もう一つの椀にくんであった水で指を洗い、ひとしきり和やかに食事をした。ラビットは椀を丁寧に水ですすいで脇に置くと、白い海豹の毛皮の上衣に向かって、まるで市場で昔馴染みに出くわしたときのような笑顔を見せた。

＊＊＊

こんな古い屋敷で随分と寛《くつろ》いでいる人だ、と私のことを思っているんだろうね。確かに私の一族はこの地域の出身だけど、たった五歳のときに私は、ここの郡の人たちによって白樺の木の樹液百升、若い山羊《やぎ》三十匹、橙《だいだい》色の染料五十箱と共に都へ送られた。本来なら染料を五十五箱納めなければならないところを、私を一緒に送れば収税官が目こぼししてくれるのではと期待したわけだ。

実際に目論見通りに行ったのだと思う。それからの四年間、私はひたすらひれ伏して〈煌《きら》めく光の宮殿〉を磨きつづけた。やがて私は、壁の幅木、床板、襖《ふすま》の香りから、そして夜通し油を燃やして明かりにし、〈最も神聖なる存在〉にして〈松と鋼の皇帝〉であるサン帝に闇を近づけさせない流儀から、宮殿というものを熟知するようになった。

兎《うさぎ》の歯が生えた田舎臭い小娘なりにせっせと働いたので、私は十歳にして後宮の掃除係に昇進した。後宮の侍女の証《あかし》である面紗《ベール》をもらったときはとても誇らしかった。当時、もしも字が書けていたら、父と母に手紙で知らせたことだろう。あなた方の娘は面紗をかぶり、お仕着せの緑の服を着て、北からの新しい皇后を迎えるために他の二百人の女たちと一緒に桐の大広間に並びました、と。

夜明け前から宮中の役人は私たちを並ばせて猫みたいにそわそわと列を点検し、誰かが姿勢を崩したりあくびをしたりすると、馬毛の鞭《むち》で叩いた。何人もの娘たちが気を失ったけれど、とにかく頑丈だった私は彫像のように立ちつづけていると、昼過ぎになって中庭がひどく騒がしくなった。旗のはためく音や番兵たちの叫び声から、皇后が到着したのだと分かった。

かつて皇后の母親が脅し文句で言ったような、〈煌めく光の宮殿〉の壁を打ちこわす古代象《マンモス》大部隊を引き連れての到着ではなかった。それどころか、後宮には入れない儀仗兵《ぎじょうへい》を一人連れて来ただけだったので、皇后は皇帝の謁見の間までたった一人で長い廊下を歩いていくことになった。

私たちは散々叱られ、叩かれ、もしも顔を上げて未来の皇帝の母君となる方を一目でも見たら、厨房《ちゅうぼう》のごみ捨て場の掃除係に追いやってやるからな、と警告されていた。それでも私はこらえきれず、通りすぎる皇后をちらりと上目遣いで見た。

皇后は醜女《しこめ》だったと歴史書には記されるのだろうけど、それは事実とは言えない。あの方には異国風の美しさがあり、それはあたかも私たちには読めない言語のようだった。背丈は十歳の私よりわずかに高く、体つきは牛追いの娘を思わせた。肩まで垂れた長い二本の三つ編みは墨汁のように黒く、顔は皿のように平らで、完璧に近い円形だった。あの方の故郷であれば真珠と言われる顔なのに、この地では豚と評される顔だった。

あの方は白樺の木のようにまっすぐに背筋を伸ばして歩いていた。そのとき着ていたのがこの上衣。今でも当時と変わらない白さだ。

この上衣に使われた海豹《アザラシ》は、皇后の兄が初めての狩りで仕留めたものだ。果てしない氷原のように辛抱強く、海豹が上がってくる呼吸穴を巡って幾日も歩きまわっていると、ついに人間の男性並みに大きな海豹が現れたのだという。この釦は海豹の歯の一本に、皇后の叔父が彫刻を施したものだ。皇后の兄と叔父の名前は今ではイングルスクの霊廟《れいびょう》でしか口にされない。二人はインヨー様の婚儀の一年前にコーアナムの浅瀬の戦で命を落としたのだ。

皇后は塩による巨万の富とおびただしい数の真珠、宮殿を二十年以上明るく照らせるだけの鯨油を持参することになっていた。アン帝国の皇帝への持参品としては史上屈指の豪勢さだったものの、そうした品々が届くのは一週間後のこと。〈煌めく光の宮殿〉に初めて来たとき、インヨー皇后は一人きりで、手ぶらで、見事な海豹の皮の上衣を着ていたとはいえ、それを見た後宮のご婦人方は異様で野蛮とこき下ろすばかりだった。

この上衣は宮殿で二度と着られることはなかったけれど、皇帝によって追放の憂き目を見たときに、皇后は私に命じてこの上衣を荷物の中に丁重に入れさせた。当時、私は十三歳で、この上衣の管理を引き受けた。手の切れるような幾重もの紙の間に細心の注意を払いながら仕舞いこみ、十日に一度は取り出して、蛾《が》の卵か幼虫がありはしないかと刷毛《ブラシ》をかけた。

インヨー様がまごうかたなき冠を戴いたとき、都では海豹《アザラシ》の毛皮が流行したけれど、それでもこんな上衣は二つとなかった。これからもないだろう。美しい品だとはいえ、ひと針ひと針があの方の歴史に、あの方が後に残していった死に、あの方が帰れなかった故郷に、突き刺さっている。

あなたに理解できる？

＊＊＊

「理解できたかは分かりません、おばあさん。それでも、私は耳を傾けますし、オールモスト・ブリリアントは記憶します」

ラビットはびくりと身をすくめた。それまで我を忘れていたかのようだった。夢見るようなその一瞬の間だけ、老女は侍女以上の何かに見えたが、ほんの一瞬のことだったので、何に見えたのかチーは断言できなかった。

「あなたの天命なんでしょ？　記憶すること、書き留めることが」

「そうです。時には、目の前の物事の意味が分かるのに何年もかかります。時には、幾世代もかかることも。それでも満足するようにと私たちは教えこまれています」

ラビットは首を傾げ、チーをまじまじと見つめた。

「そうなの？　つまり、それで不満はないと？」

「見習い期間の終了後、セン王国へ派遣されたときのことですが、私とオールモスト・ブリリアントは夏の水祭りについて記録を取ることになっていました。住民数や踊りや花火など、そういったことを書き留めるだけの予定が、祭りの九日目になって茶色の鯉《こい》が一匹、町の堰堤《ダム》の最終水門さえも跳び越えて、まだらの龍になったのです。龍は町の上空で身をよじり、聖なる雨を一か月間降らせつづけて、やがて消えました。ですから、おばあさん、私は心から満足しているのですよ」

ラビットはほほ笑み、立ち上がって食器を手にすると、オールモスト・ブリリアントの冠羽を優しく撫でた。

「それは結構」

その夜、チーは目がくらむほど白い氷原にいる男の夢を見た。呼吸穴に海豹が上がってくるのを、男は底知れぬ辛抱強さで待っていた。その夢の中、男は呼び声を耳にし、次の瞬間、円《まる》い顔に笑みを浮かべると、踵《きびす》を返し、槍《やり》をその場に残して歩み去った。

## 3

椀。銀象嵌《ぞうがん》が施された、艶のある桃花心木材《マホガニー》。椀の底に銀の蜘蛛《くも》が嵌《は》めこまれている。

立方体の賽子《サイコロ》五個。骨と金。各面に銀で描かれた記号は、〈月〉、〈女〉、〈魚〉、〈猫〉、〈船〉、〈針〉。

遊戯盤。白っぽい木材と金色の塗料。六つの円の中にそれぞれ、〈月〉、〈女〉、〈魚〉、〈猫〉、〈船〉、〈針〉が描かれている。

寝台の下から遊戯盤を引っ張り出すと、チーは微かに頬を緩めた。埃《ほこり》まみれの予備の寝具や六足の予備の室内履きなどの間に押しこまれていたものだ。チーが賽子を椀の中に放り入れると、カラカラとうつろな音が出た。

床下の収納から長くて黄色い絹布を引き出している最中だったラビットが、視線を投げてきた。黄色い絹布は皇帝が滞在中だと誇示するための旗だ。とはいえ、チーの知る限り、〈栄える富〉まで来たことのある皇帝は一人もいない。

「遊戯盤で遊ぶことはあるの？」

「やらない者など帝国内にいないでしょう。生まれて五回目の正月には母が賽子を握らせてくれました。盤は紙製で賽子は石でしたが、変わりはしません」

「いえ、誓いのせいでできないんじゃないかと思ったのよ。なら、どうぞ」

ラビットはチーの向かい側にひざまずくと、一握りの小石を渡した。「賭けて」

一瞬の間を置いて、チーはすべての小石を〈女〉の絵の上に置いた。優美にほほ笑む〈女〉は、悲劇的な道をたどるクー王朝の衣装をまとっている。ラビットは袖を捲《まく》りあげ、縄状の傷痕を露《あら》わにすると、椀を上へ下へと振って、まるで本物の博打打《ばくち》ちのように「はっ！」と一声あげて、賽子を転がした。

三個の賽子は盤面を転がり、〈魚〉と〈船〉と〈月〉の目が出た。

「あら、ついてないこと」とラビットは言い、小石を自分のほうへかき集めた。「一箇所に全額賭けるものじゃないよ」

「自分なりのやり方が好きなのです」とチーはにっこりして言い、肩をすくめた。

「インヨー様もこんな風に遊んだのですか？」

「インヨー様……そうねえ。後宮に住むようになってから約一か月後に、あの方は初めて遊戯盤を目にしたのよ」

＊＊＊

新しく来た皇后は幽霊のようだった。最初のうち、私たちはみんなあの方を恐れていた。北の女は例外なく魔女か魔術師だと思われていたからだ。やがて、悲嘆にくれた寂しい娘にすぎないという大きな秘密があきらかになったあとには、あの方は誰からも見向きもされなくなった。

当時、後宮には三十人ほどの側室がいたけれど、中でも群を抜いて威勢をふるっていたのは東のカン族の娘カオファンだった。のちに南へ追放されて、墓石職人や炭焼き職人に交じって暮らすようになるまでは、カオファンこそが皇后以上の皇后であり、カオファンのお気に入りの遊びがこの〈月・女・船〉だった。

ある日の菊の間でのことだ。すべての襖に薄い橙色の菊の花びらを模した金線細工が施されたその部屋で、女たちはさっきの私たちのように遊びに興じ、カオファンも花水街の博打打ちのように片肌脱いで座っていた。

私も袖が裂けた衣を繕うためにその場にいて、カオファンが気付くよりも数秒先に、皇后の姿に気付いた。

あの方は戸口に立ち、首を傾げ、両手を体の横にだらりと垂らしていた。もつれた髪にはもう我慢ならんと皇帝に怒鳴られるという一件があったので、髪は梳《す》かれ、編まれていたが、目の下には大きなくまができていた。

「何をして遊んでいる?」

私たちの中の誰も、それまでにあの方の声を聞いたことがなかったかもしれない。柔らかくて低く、はるか彼方から届いた声のようだった。一瞬、私は不安になった。カオファンがしばしば年下の妃たちにするように、皇后のこともいじめるのではないかと思ったのだ。しかし、予想に反してカオファンはほほ笑んだ。

「どうぞ、こちらにいらして。見せてさしあげますから」

カオファンは新しい皇后に対して大げさなほど慇懃《いんぎん》に遊び方を説明しながら、取り巻きたちにいわくありげな視線を投げた。それから盤面の絵が賽子の記号と一致していることや、絵に賭け物を置くやり方を皇后に見せた。

「何を賭けるのだ?」と皇后は訊《き》いた。

「そうですねえ、宝石付きの釦を賭けていたのですけど、もしも賭け物をお持ちでなければ……」

黙ったまま、沼のように動きのない顔で、皇后は懐に手を入れて、翡翠《ひすい》を黒玉に嵌めこんだ釦を幾つか取り出した。それは紛れもなく皇帝特注の品で、皇后がその釦を何に使おうとも自由であり、あくまでもこの人は皇后なのだ、と一同は改めて気付かされた。

あの方が勝ったことは言うまでもないだろう。それほど技が必要な遊びではない。だからこそ、新年になると私たちは幼い子どもにこの遊びを教えて、勝利の味を覚えさせるし、往年の勝負師には所詮《しょせん》死すべき運命だということをこの遊びで思い出させる。あの方は何度も、何度も勝ちを重ね、終《しま》いには目の前に宝石付き釦の小さな山を築いた。カオファンの手元には何もなくなっていた。

「全部お返ししよう」あの方は束《つか》の間考えてから言った。「この遊び道具をどこで手に入れたか教えてくれるなら」

カオファンがほほ笑むと、インヨー皇后は道で拾った石ころのように賭け物をカオファンの両手の中に落としてやった。

「時々、遊戯盤を持ってやって来る女がおります。沿岸部を北へ南へ旅をする女で、余興や遊び道具、値打ち物を持ってきてくれるんですよ。その女が持ってきた別の遊戯盤もご覧になります？」

インヨー皇后はカオファンをじっと見つめた。当時、皇帝の妃の中で一番の美女に皇后は何を見たのか、今思い返しても私には分からないままだ。皇后はカオファンが炭と砂にまみれて人生を終える未来を見通していたのだろうか、それともカオファンが皇后に侮蔑の念を抱き、そう、あのときすでに、幾ばくかの恐怖まで抱いていることを見抜いていたのだろうか。

そうは言っても、あの方がカオファンを決して憎まなかったことは私もよく分かっている。カオファンを哀れんだかもしれない。腹を立てたかもしれない。あるいは癪《しゃく》に障るとか、愚かだとか、野暮だとか思ったかもしれない。いずれにしても、憎しみというのは対等な相手に抱くものであって、あの方に限って言えば、帝国のどこにも対等な者などいなかった。

あなたに理解できる?

＊＊＊

チーは一瞬考えてから、首を振った。

「いいえ、おばあさん。少し近づけたように思いますが、理解できてはいません。今のところは」

ラビットはにっこりして、太くて鋭い前歯を見せた。

「あなたは賢いのね」

「聖職者たちはいつもそう自負してきました、おばあさん」

「結構。それは結構なことよ」

ラビットは黄色い絹布を床下の収納から引き出す作業に戻り、その日はそれ以上何も言わなかった。

# 4

茘子《ライチ》の袋。亜麻布、墨、茘子の実。重さ十担《タン》という印と、ウーエ県の地方印が押されている。

榛実《はしばみ》の袋。亜麻布、墨、榛実。重さ十担という印と、ツーの地方印が押されている。

李《すもも》の実ほどの大きさの古代象《マンモス》の置物。金、紅玉、七宝、鉄。古代象の姿は簡略化されることなく写実的で、毛の一本一本まで再現され、目には紅玉が使われている。表面は青い七宝で装飾され、牙は鉄で覆われている。

五十年にわたって〈深紅の湖〉一帯を封鎖していた魔法のおかげで、〈栄える富〉の中の食料は新鮮に保たれていた。金色の古代象を片手でひっくり返して調べながら、チーは袋から茘子の実をひと摑みもらった。極薄の皮を歯で破ると、驚くほど甘い果汁が口の中に溢れる。ウーエ県が独立を宣言し、国境を封鎖した今では、ますます希少になっている風味だ。

「あんたみたいなやつにはもったいないよ」とオールモスト・ブリリアントは馬鹿に

した調子で言ったが、チーが実の皮を二つむき、近くの床に置くまで目を逸らさなかった。戴勝《ヤツガシラ》が食べている間に、チーはラビットを捜しに行き、香草茶をいれている老女を見つけた。

「おやまあ、もう何年も見かけなかったのよ。なくしたとばかり思ってた」

手の中の古代象をためつすがめつ眺めながら、ラビットは頰を緩めた。獅子がアン帝国の象徴であるように、古代象は北の国の象徴だ。チーは生まれてこの方、古代象と獅子が対《つい》になっているものしか見たことがなかった。対になった獣たちは、彫刻や紋章の中からある種のくたびれ果てた忍耐心でこちらを睨《にら》みつけてくる。これまで帝国の栄枯盛衰を見てきたと言わんばかりの姿で、今後も国の浮き沈みを見ていくのだろう。

ラビットは古代象を上下逆さまにして、チーが見落としていたものを見せた。丸い足の一本に小さく製造者の刻印が押してある。チーは刻印に目を凝らしつつ、視界の隅でオールモスト・ブリリアントが部屋にばたばたと飛んできて、頭上の梁にとまるのをとらえた。

「この文字は……〈優美な女性〉と……〈麝香猫《じゃこうねこ》〉？」

「そう。偉大なる芸術家ヤン・リアンの作品だと証明する刻印なの。あの人はのちにファン・クワイ大寺院に入って、尼僧として暮らすことになったけど、昔は都でもてはやされていたんだよ」

＊＊＊

後宮は豊饒《ほうじょう》多産の黒と幸運の赤で彩られた。皇后の懐妊が、宮廷医師の確認するところとなったからだ。宮中の女たちは、あれだけがっしりして丸みを帯びた体つきのインヨーがどうやって妊娠に気付いたのかと不思議がったが、とにかく皇后の近くではさらに慎重に歩くようになった。子どもを産む者は生と死の鍵を握る存在だから、恨みを買うわけにはいかないと恐れられていたのだ。

懐妊の発表後、皇后はあらゆる種類の占いに取り憑《つ》かれたようになった。町から、国境地帯から、遠く離れたニンや戦争になりそうなジューからも、占い師を呼び寄せた。石を投げて占う男たち、札《ふだ》を配って占う女たち、それ以外にも、飼っている馬が足踏みする回数に応じて、面紗《ベール》をかぶった南方民族の偉大なる聖典をひもとく者さえ招き、もてなした。

私が西方からの霊媒師を門まで見送って戻ってきたとき、ちょうど皇帝の使者が到着したところだった。

「〈松と鋼の皇帝〉は、未来の皇子を宿すそなたに敬意を表す、とのことです」

使者は絹で包まれた品を差し出し、皇后は中身を見て眉をひそめた。それは金の板で、爪で傷がつきそうなほど軟らかく、一緒に包まれていた金の鎖を使って首から下げれば、胸に強くぶつかりそうなほど重かった。

使者に皇帝への謝意を伝えながらも、皇后がほんの一瞬、嫌悪の色を顔に浮かべたことに私は気付いた。使者と共に下がろうとしたところ、皇后に呼びとめられた。

「なあ、お前ならこれを身に着けるか？」

私は小声で、条件反射的な説明を口にした。もしも私の汚い首にそのようなものがかけられていたら、盗人と思われて処刑されます。そう言う私に、あの方は首を振った。

「本心を言え」

「本当は、首に鎖をかけるのは好きじゃありません」

「私もだ。それでは、教えてくれ。お前が知っている最も優れた芸術家は誰だ？」

チャン・ハイとか、その手の芸術家の名前を言うべきだったのだろう。花や緻密に彫られた桃で宮廷の人気を得た人が良かったのかもしれない。しかし、私は不意を突かれたあまりに、本当の考えを口にした。

こうして宮廷に招喚されたヤン・リアンは、木のように背が高く、都の近郊の森をうろつく猪《いのしし》のように野性的な印象だった。髪は尼僧のように短く刈られて、しかも刈りこんだ天鵝絨《ベルベット》のように不思議な模様が施されていた。目は細く、ほほ笑みは大きかった。あの頃のヤン・リアンは男装していて、その姿で後宮に肩で風を切って乗りこんでくるものだから、まるで手を伸ばして掴みさえすれば、この世のすべてを我が物にできると言わんばかりだった。

ヤン・リアンは手で金の板の重さを確かめ、指の間から鎖を水のように垂らした。板に爪で傷をつけると、うなずいてから皇后へ向き直った。

「この黄金で美しいものを作ってさしあげられますが、皇后陛下、ただで手に入るものはないということはご存じですね」

奔放な芸術家は「無料《ただ》」という言葉を殊更《ことさら》に強調した。あのときの私は察しがつかず、皇后もきっと分かっていなかったはずだけど、ヤン・リアンは花水街で使われる抑揚でしゃべっていた。あそこではあらゆる官能の悦びに値がついていて、無料で接《せっ》吻《ぷん》してもらうことはお情けみたいで何よりもみっともない、とされている。

皇后はヤン・リアンが何をほのめかしているのか分からないなりに、その声音に何かを感じ取り、ほほ笑んだ。

「私の部屋でゆっくりしていくがよい。どんな作品にするか話し合わなくては。その侍女、名前は？」

「ラビットです、皇后陛下」

「そうか、それでは、ラビット。こちらに来て、私の住まいの扉の前で座っているように。そこを離れず、盗み聞きしようという者を近づけないこと。私の考えた作品が真似されるのは嫌だからな」

　どこかの時点で二人は作品の構想を話し合ったはずだ。なにしろ今、小さな金の古代象《マンモス》は、帝国の古代象が戦地へ赴くときのような華やかな装束をまとっているのだから。そうは言うものの、私は作品について話し合う声を聞いた覚えがない。笑い声やため息、それからおそらく泣き声は記憶にある。それとも、もしかしたらあれは夜が更けるにつれて切なげになるうめき声だったのだろうか。苦痛に激昂《げきこう》したような叫び声が一回あがり、それが忍び笑いになっていったこと、絹の衣が肌にこすれる音、肌が木の板にこすれる音を聞いたことは覚えている。厨房の仲良しの子たちがご飯と漬物をこっそり差し入れしに来て、一目散に走り去っていった。私はありがたく食事にしたけれど、ろくに味わわないまま、忙しくしている皇后と芸術家の声を聞こうと必死になっていた。

夜が明け、私が持ち場で居眠りを始めた頃、扉が開いた。はしたないことだけれど、私はふり返って、皇后の部屋の中を覗《のぞ》きこんだ。しどけなく仰向けになり、染みのついた衣を半分だけまとい、顔の周りにこぼれた墨のように黒髪が乱れているあの方の姿を目にした。微かに寝息を立てていたものの、いかにも満足げな響きだった。ヤン・リアンは首を横に振った。その肩には鮮やかな赤色の嚙《か》み傷があって、彼女はぼんやりしたまま親指で傷をいじり、襟を寄せて隠した。

「兎の歯を生やした少女よ、為政者から盗賊、高級娼婦《しょうふ》から歌劇歌手まで会ったことがあるが、このようなお方は初めてだ」

もしかすると、ヤン・リアンは一夜を共にした相手全員に、男女問わず同じ台詞を言ってきたのかもしれないけれど、その声には心からの驚嘆があったように思う。

あとになって、皇后のもとに身繕いのためのお湯と香水を持っていったとき、私は入浴のあいだ、そばについているようにと命じられた。あの方がたくましい四肢にお湯をかけるところを、浅黒い肌が煌めきながら水面から出てくるところを、私はじっと見ていた。狼《おおかみ》が愛玩犬になれないように、あの方はアン帝国の貴婦人には程遠かった。私はあの方に目の端で見られていることに気付き、背筋をしゃんと伸ばした。

「最初の日、お前を見かけた気がする。私が通りすぎるとき、顔を上げてこちらを見たね」

私はうなずき、それからおそるおそる言った。「気付かれていたとは知りませんでした、皇后陛下」

皇后はいつものように鼻に少し皺を寄せながら、にやりと笑った。

「北の国では、ほんの幼いときから目の端で周りを見る方法を教えこまれる。獲物である獣を驚かせないため、あるいは私たちを獲物にしようという獣の注意を引かないため、動きは最小限がいいからだ。それで、私を見たとき、お前の目には何が見えた？」

私は必死に答えを考えながら、皇后の体を拭き、外套《がいとう》のような黒髪を毛織物に広げた。

「私の目には、まったく別世界の人に見えました」と私はやっとのことで言った。

「そして、独りぼっちに見えました」

「私は独りぼっち」皇后は自分で室内着の紐を結びながら言った。「だけど、もしかしたら、あのとき感じていたよりも、今は孤独じゃないのかもしれない。そうだろう、ラビット？」

私は顔を赤らめ、お辞儀をして、自分の使命がどうとか、お仕えできて光栄ですとか口の中でもごもご言っていたけど、心の底では、二度と皇后が独りぼっちになることはないと考えていた。私が絶対にそんな目には遭わせない、と。皇后のそばにいることは、焚火のそばで温まるようなものだった。私はそれまで長いこと、寒い思いをしていたのだ。

どんな取り引きをしたのかは知らないが、二週間後、小さな金の古代象《マンモス》がありふれた綿布に包まれて宮殿に戻ってきた。あの方は古代象を見つめて、ほほ笑んだ。私は本当に、あんなに愛らしいものをそれまで見たことがなかった。

＊＊＊

チーは首を傾げた。

「理解できたか尋ねるおつもりですか？　私はまだ自信がありません」

「まあ、こういうことは、理解できるかできないかのどちらかよ」

# 5

**折れた箒《ほうき》。柄に小さな錫《すず》製のお守りがついている。**

**壊れた携帯用化粧用具。雪花石膏《せっかせっこう》、油脂、洋紅《ようこう》。**

**白樺の樹皮の巻物。白樺の樹皮、黒い羽根、髪の房、青い絹糸。白樺の樹皮に髪と羽根がくるまれ、全体が糸で縛られている。**


ラビットがいきなり現れて、白樺の巻物を奪い取ったので、チーはびくりとした。ラビットは手に持った巻物を今にも握りつぶしそうにしている。

「これについても理解したか、尋ねるつもりはないわ。だって、〈煌めく光の宮殿〉で生まれ育った者でなければ、理解できるはずがないもの。当時は、もらった詩の最初の一語を読む前に、相手が墨と紙に何を選んだかで、言いたいことが相当分かったものなのよ」

チーはラビットが手にしている品を見て、どうして不意に髪と黒い羽根がひどく気味悪く見えるのだろうと不思議に思った。

「てっきり、ただのごみかと思いました」

「ごみよ」とラビットはきっぱりと言った。「だけど、亡くなった人を理解しようと思うなら、そういうところを見るんじゃないの？　その人たちが残したごみとか、がらくたとか」

チーは辛抱強く待った。これが修行の大部分を占めていた。学んだのは、いかに物語を追い求めるかではなく、いかに待つかということ。そうすれば、遅かれ早かれ物語はおのずとやって来る。

ラビットはため息をついた。

＊＊＊

この品が皇后の住まいの戸口に置かれたのは、あの方が皇子、のちに〈流浪の皇子〉として知られるカウタンを産んだあとのことだ。あの方の抵抗を押し切って、皇子は連れて行かれてしまった。沐浴《もくよく》のためという口実だったけれど、皇后は二度と我が子に会えないことが分かっていて、涙が涸《か》れるまで泣いた。

私はあの方の体を洗い、湯船に浸《つ》からせ、腕の中から小さな皇子が連れ去られたあとには、一緒に寝床に潜りこみ、あの方を精一杯抱きしめ、慰めた。子どもを無理やり奪われた母親を慰める方法などあるはずもないけれど、それでもひとしきり悲嘆の声をあげたあと、あの方は二度とそんな声を漏らさなかった。その代わりに、私の出身地や一族について話してほしいと言ってきたので、私は記憶の糸をたぐり、実家の宿屋での暮らしぶりや、父が道行く人に売るために巨大な鍋で大麦入りの煮込みを作っていたこと、母が仕事の合間に貴賤《きせん》を問わずに占いをしてあげていたことを話した。

暗がりの私たちには後宮の女たちも近寄らず、おかげで二人して横になり、肌と肌を合わせながら、ほぼ二週間かけて皇后は心の傷を癒し、私は宮殿の外での生活について語った。外の生活がひどくつましいことは問題ではなかった。肝心なのは、それが宮殿の門の外だということで、それこそ皇后が最も切望していたことだった。

この品は皇帝が直々に持ってきたもので、それを今、あなたはこうやって目にしている。ごみでも捨てられずに残ることがあり、貴重な品でも失われることがあるなんて、本当に、奇妙な話だ。

私は皇后のそばに座り、巻物の中身を見せて、どうして夫が自分にごみをくれたのかといぶかしむあの方に説明をした。どうか天が割れて私を呑《の》みこみますようにと祈りながら。

その髪は皇后の母親のものだった。皇后の髪と同じくらい長く、鉄線が編みこまれている光沢のある黒色の髪は、空の上で控えている雪の匂いや海豹《アザラシ》の肉の風味と同じくらいあの方にとって馴染み深かった。こうして白樺の樹皮にくるまれていた髪を見て、皇后は母親が亡くなったことを悟った。

羽根は蓮角《れんかく》という鳥のもので、追放を意味した。これは皇后宛てだった。処刑を意味する、柳の樹皮の欠片でなかったのがせめてもの救いだった。

皇帝は北の血を引く世継ぎを得た。もはや北からの妻は必要なくなったのだ。

私がこういったことを説明すると、皇后は黙りこみ、顔を壁に向けた。落雷直前の空のように、あの方は静かだった。

＊＊＊

チーは少し待って、ラビットの話が終わったことを確かめると、うなずいた。

「この話は理解できたように思います、おばあさん」

「そうなの、シンギングヒルズの聖職者さん？　なにしろ、私自身が理解してもらいたいと思っているか自信がなくて」

ラビットは口をつぐんだ。長いこと押しこめられていた感情で体が震えかけていた。

そうっと、微かに緊張しながら、チーは老女の肩に手を置いた。ラビットが冷たい、霧のような湿気でできた亡霊ではなく、紛れもなく生身の人間だと分かり、チーは少し驚いた。

「それはごみです。私の故郷では、ごみは燃やします」

ラビットはぎょっとした様子だったが、やがてうなずいた。

「そうね。ここでも同じよ」

その夜、焚火の煙が渦を巻いて大空に上がり、寺院のお焚き上げの香煙のようになった。眠りに落ちたチーは、海豹皮の美しい上衣を身にまとい、黒髪に鉄線を編みこんだ女の夢を見た。北の氷の門から、女は南の方角を見つめ、まばたきもせず、娘が帰郷するのを待っていた。

# 6

翌日になって、姿を見せたラビットはチーの手に鮮やかな緑の葉を一枚載せた。チーは一瞬、これほど季節外れの時期に緑の葉かと驚いたが、やがて、その葉が蠟《ろう》に浸したもので、季節外れどころか、一年でも、五十年でも、いや、それ以上に長く鮮やかな色を保てるものだと気付いた。

「おばあさん、これは何です？」

「西へ向かう輿の中で横たわりながら、あの方はこれを取ってくるようにと私に言いつけたのよ。西といえば、北の人々にとっても、私たちにとっても、死と終焉《しゅうえん》の方角と昔から言われてきた。あの方は私の身の上話を聞き、一緒に流刑の地へ行かないかと私に尋ねた。皇后曰《いわ》く、故郷に帰れる者が少なくとも一人いることになるだろうから、とのことでね」

ラビットはひと呼吸おいて続けた。

「もっとも、あのような方にそう言われたからといって、私は故郷に帰りたいとはまるで思わなかった。橙色の染料が五箱足りないからといって、埋め合わせに私を差し出した人たちのところだもの。それでも、私は皇后のお供で〈栄える富〉までやって来た」

「道中のことは覚えてますか、おばあさん？」

「皇后は弱っていたわ。万が一もう一人産んで、第一子の統治に異議を唱えるようなことがないようにと医師たちが施した処置のせいで、体がすっかり弱ってしまっていたの。それでも、できるときには、垂れ布を開いたまま輿を進ませた。その顔は死の方角である西でも、文明の方角である東でもなく、北を向いていた」

「故郷に顔を向けていたということですね」

「おそらくね」

# 7

馬芹《うまぜり》の箱。木材、銅、香辛料。

乾燥香菜《こうさい》の箱。木材、銅、香辛料。

黒塩の箱。木材、銅、調味料。


「聖職者さん、子どもの頃、親と一緒に〈鷲《わし》の目〉をして遊んだことはある？」

チーは音もなく近づいてくるラビットにどうにか慣れてきた。超自然的な能力というより、骨の髄まで染みこんだ習慣だというのが、チーの出した結論だ。なにしろ、少しでも落ち度があれば死をもって償わせられる場所で長年働いていた人なのだ。

「ないと思います、おばあさん。どういう遊びですか？」

「観察眼を養うために、侍女部屋でやられていた遊びでね。物を見るときには素早さだけじゃなくて、丁寧さも肝心なのよ。まず箱に細々《こまごま》とした物をいっぱい入れて、覆いをかけておく。ほんの一瞬だけ覆いをはずして、またすぐに覆いをかける。そして、中の品物を一つ覚えているごとに、甘いものがもらえるの」

「寺院でも、ほぼ同じ目的で似たようなことをしていました。でも、どうして今、その話をしたんですか、おばあさん？」

ラビットは、チーが食料貯蔵室の奥で見つけてきた香辛料や調味料の箱を指さした。華やかに染められた布で半ば覆われてはいるが、どこからどう見てもありきたりな箱だ。箱の一つに入っている黒塩は、北の国の南下によりもたらされ、今や白塩と同様にありふれているものの、はるかに美しいと評されている。

「その箱のうちの一つだけは、特別だからだよ」

＊＊＊

四年間。

私たちは〈栄える富〉での四年間、都から入れ替わり立ち替わりやって来る美しき密偵たちと生活を共にした。インヨー皇后は湖に一番近い皇后用の部屋を使い、私は厨房の脇にある押し入れで眠った。〈煌めく光の宮殿〉から私たちのもとに送られてくる貴婦人たちは、寵愛《ちょうあい》を失った人たちだったのだろう。野暮ったかったり、可愛げがなかったり、単に運が良くなかったという場合もあったかもしれない。

女たちは皇后に奉仕することを笑顔で誓い、そのくせ四六時中〈鷲の目〉であちこちに目を凝らし、宮殿に報告できるようなわずかばかりの反逆の兆し、不始末の兆候を待ち構えて、裏切り者や人殺しと並ぶ名誉を勝ち取ろうとしていた。

季節一つ分だけ滞在する女もいれば、一年近く滞在する女もいたけれど、遅かれ早かれ左大臣が、赤と金の絹地に高貴な麒麟《きりん》が刺繍されたお気に入りの官服姿で、赤褐色の雄馬にまたがって現れた。そして、古い女たちを回収し、新しい女たちを置いていった。

「とりわけこういう人里離れた場所では、女たちが皇后陛下に馴《な》れ馴れしくなる懸念が大いにありますので」と左大臣は冷静な、淡々とした口調で説明した。

「思慕されたり、過度な忠誠心を持たれたりしても、良くないからな」とインヨー皇后は返した。

インヨー皇后は左大臣を迎えるためにわざわざ着替えたりせず、長い室内着姿のままだった。左大臣はこれを粗野なだらしなさの証《しるし》と解釈した。私はこれが左大臣をさげすんでいる証だと分かっていた。左大臣は古箏《チターー》の弦のように細い笑みを浮かべた。

「仰せのままに、偉大かつ美しきお方」

新入りの女たちは実際のところ年端も行かぬ少女たちで、左大臣のお愛想にくすくすと笑い、皇后陛下に忠実に、熱心にお仕えしますと誓いながら笑い、転がるように伏した。それでもインヨー様は意に介さず、私も同じように振る舞った。もし本当に左大臣が、一介の侍女と親しくなることは皇后様の品位を落としかねないと危惧していたとしたら、皇后に馴れ馴れしくしていた私は、きっと捕まっていたことだろう。私は二年目が過ぎたあたりで、女たちの名前を覚えるのをやめた。

実際、女たちは大した脅威ではなかった。彼女たちが探り出せるような情報など一つもなかったのだ。帝国軍の魔術師が招いた六十年に及ぶ温暖な気候と熱風のせいで、冬は遠ざけられたままになっていて、冬が来なければ北の古代象《マンモス》など鈍くて、無力で、南方の珍しい熱病にかかるか心を病むかして死ぬばかりだった。

女たちの中には、いつしか皇后に愛情を抱くようになった者もいただろう。そうは言っても、私は愛情というより、むしろ野心を女たちから感じたことを覚えている。女たちは高位を得たあとに零落したか、あるいは高位を垣間見たことしかなくて、それゆえになおさら貪欲になっていた。

カズという名の女の一件は、単なる偶然だったはずだと私は思う。カズは〈栄える富〉に少々まごついた表情を浮かべて到着し、その表情を崩さないまま、一緒に来た女二人が皇后にこびへつらおうとして争うように床に愚かな頭を打ちつけていたとき、一人だけ屋敷や周囲の森、湖のほうに興味津々になっていた。

聞くところによると、カズは皇帝の気まぐれがうまく開花しなかった女の一人で、下町の宿屋の看板娘から側室になったようだった。真珠核が真珠層を得るように、カズもまばゆい魅力を身につけ、より美しく、より洗練された女になるはずだった。ところが、高貴この上ない世界はカズをさらに野暮ったくするだけで、結局は金線細工の枠の中の人造宝石のようになっていた。

言っておくけど、私がカズを嫌っていたとは思わないでちょうだい。

カズは〈栄える富〉で暮らすようになった最初の週、寝床に寝そべってふてくされていたものの、すぐにそれにも飽きてしまった。一緒に来た女二人に相手にしてもらえないことを即座に悟ると、残るはインヨー皇后と私だけだった。

あるとき、皇后の部屋の縁側を掃いていた私は、腰が抜けるほど驚かされた。不意にカズが露台の縁を摑み、地面から体をぐいっと引き上げて現れたのだ。

「やめてちょうだい！　木の精か何かだと思ったじゃないの」と私は考える間もなく、とっさに姉のような態度でカズを叱りつけてしまった。身分の違いからいえば、平手打ちされてしかるべきだったのだが、意外にもカズはにっこり笑った。

「ここって退屈なんだもの。ねえねえ、遊戯盤の遊び方を教えてあげるから、一緒にやりましょう」

「どうぞお好きなことをなさってください。でも、私はここの床をきれいにするまでどこにも行きませんから」

カズはいつも少しばかり怠け者という印象だったけれど、労働よりも退屈のほうがはるかに苦手な性分だったようだ。袴《はかま》を含めて衣を脱いでしまうと、私の隣で掃除を始めた。

やがて掃除を終えると、カズは厨房の座卓のところに座り、その年に都で大流行していたロハという賽子遊びを教えてくれた。技量よりも運次第の遊びで、すぐに私はカズとほぼ互角になった。

しかし、病みつきになる遊びだったので、私はカズと遊ぶために頻繁に仕事を抜け、インヨー皇后が捜しに来る事態になった。仕事を怠けているところを見つかった私は、恥ずかしくて、慌てて立ち上がった。カズも悪事を見られたような、ばつの悪い顔つきをしていたものの、恥じてはいなかった。

「一体、何をしている？」

そこで、カズが皇后にロハのやり方を教えた。皇后は運任せの遊びが得意だったので、この遊びもすぐに上手になった。なにしろ、技量と、ほとんど驚異的な運の良さを併《あわ》せ持っていたのだ。私とカズを完膚《かんぷ》なきまでに叩きのめすと、皇后は私たちをじれったそうに見つめた。

「この程度の遊びか?」

カズはわずかに腹を立てた顔をした。

「いいえ、違いますよ。今のは単なるお遊び。都では、これは占いをするためのものです。賽子を投げて、こんな風に二と五と七が出たら、その数字から未来を占ってもらえます。子ども向けの遊びじゃありません」

「どう見ても子ども向けの遊びだ」と皇后は言下に言い、それから目をすうっと細めた。

「お前は運勢を見られる者を都で知っているのか? 腕のいい占い師を紹介してほしい。ペテン師とか偽者ではなく」

カズは鼻で笑った。「占い師なんてみんなペテン師ですよ。でも、割と腕のいいのを何人か知ってます」

「全員がペテン師というわけでもないだろう。占い師は神の声が聞けるのだ。私たちには見えない世界について教えてくれる」

廊下から衣擦《きぬず》れを伴った足音が聞こえた。女が一人、摺り足で去っていったのだ。

きっと女は、皇后が街頭の占い師を無邪気に信じていると吹聴し、物笑いの種にするだろう。もちろん、でっぷりと肥えた腹に涼しげな緑色の滑らかな礼服をまとった宮廷占い師については、話が別だ。それだけ立身出世している以上は、神々の行動を見る目があるに違いないと信じてもらえる。市場に裸足《はだし》で立つような貧乏占い師とは、正直な話、比ぶべくもない。

インヨー皇后は賽子を一個また摘むと、指先で転がした。その頭の中で大きなかがり火のように何かが燃えつづけていることが私にも感じられたけれど、あの方は卓上に向かってうなずいただけだった。

「さあ、もっと遊んでおくれ。まだ勝利の味に飽きておらん」

毎年、北の国は皇后のもとに白塩を一箱送って寄越した。白塩は星の光のように煌めき、一粒一粒が完璧で澄みきっていた。箱は蠟で密封されていたので、届いた塩は海から採取された日と変わらぬ素晴らしい状態だった。

インヨー皇后には秘密があった。まるで箱の中にまた箱があり、その箱の中にまたもう一つの箱があるように、秘密はあの方の内側に封印されていた。最終的に私はインヨー皇后をかなり深く知ったものの、あの方の奥深さ、すなわち金貨をためこむ守銭奴のようにあの方が抱えこんでいた秘密は、底が知れなかった。当時、インヨー皇后が北との間でわずかな挨拶以上のやり取りをどうやってしていたのか、私には見当もつかない。手紙はすべて、暗号や見えない墨で書かれていないか、反乱の合図を伝える極小の穴が開けられていないかと、徹底的に検査されていたのだ。

　私が知っているのはその年、カズが私たちと一緒に暮らすようになったあの年、私たちがロハやタロコなどを覚えたあの年、とうとう北が異郷にいる王女のもとに、白ではなく黒い塩を一箱送ってきたことだけ。

　あなたに理解できる？

＊＊＊

　チーは目の前の卓に黒塩の箱を置いた。ラビットが微かにうなずくと、チーはもう一度箱を開けて、黒い粒を先ほど記録を取ったときよりもじっくりと観察した。オールモスト・ブリリアントはばたばたと舞い降りてきて、箱とその中身を調べ、チーが指先にとった粒をつついた。

　チーは黒塩が黒くないことに気付いた。むしろ、濃くて濁った深紅色だ。顔を近づけると、腐った牛乳の臭いが微かに感じられて、その下から何かの臭いがした。血の臭いと言ってもいい。

「鉄」とチーは軽く驚きながら言った。「黒塩の色は鉄によるものですね」

ラビットは満足げにうなずいた。「そう。白塩は純粋で、海からもたらされる。完全なる清浄にして、完全なる静寂」

「そして深紅色は鉄から、剣や盾、古代象《マンモス》の装具に下がっている鈴からの色……。黒塩は何か別のことを意味しているように思えます」

「そう。よく理解できたわね」

麺麹《パン》職人座の占星図。上質の木綿紙と墨。右下隅に、〈幸運〉と書いてある。
泣く寡婦座の占星図。上質の木綿紙と墨。右下隅に、〈喪〉と書いてある。
雄鶏《おんどり》座の占星図。上質の木綿紙と墨。右下隅に、〈用心深さ〉と書いてある。

# 8

チーは最初のうち、奥の部屋は単なる物置だろうと考えていた。まさか引き戸を開けた先の、前面がガラス張りの飾り戸棚の中に星図の束を見つけることになるとは、想像もしていなかった。しかも、巻物は片隅に染料を一塗りして分類され、シンギングヒルズ大寺院の大いなる巻物のように細心の注意を払って保管されている。

頭上でオールモスト・ブリリアントが口笛のようにさえずったが、その鳴き声が果たして驚きと嘲笑のどちらを表しているのか、チーには分からなかった。

「おやおや、これは間違いなく大変な事態だね」

「そうかも」

「これ全部に素早く目を通して、日食までに都に到着できると思う?」

チーは唇を噛んだ。時間の余裕はなさそうだ。チーは素早く作業を進めていったが、ある時点を過ぎてからは速度のせいで正確さが犠牲になりはじめた。正確さこそがチーを育ててくれた聖職者たちの信条なのに。それでも都と〈煌めく光の宮殿〉の真上での日食がチーを引き寄せる力はとても強かった。

とうとうチーは肩をすくめて、右側の一番上の棚のところに行くと、紙と硯《すずり》と墨と筆を今までと同様に取り出した。

「これじゃあ丸一か月かかるかもね」とオールモスト・ブリリアントは言いながら、チーの肩に舞い降りた。チーはうわの空で戴勝《ヤツガシラ》を払いのけ、嫌みを表す低い鳴き声も聞き流した。

「かもしれない。そうならないことを願うけど」

適切な判断とは言えないかもしれないが、この部屋の物は大まかな一覧にする作業までに留め、〈栄える富〉の目録作りに集中するのは、理に適ってはいるだろう。別の聖職者が派遣されてくるか、ひょっとするとチー自身がいつか戻ってくることになるかもしれない。そうは言っても、とチーは屋敷の中のどこかを歩くラビットの摺り足の音に耳を傾けながら思った。その頃には略奪者が入りこんでいる可能性があるし、状況は大きく変わっているだろう、と。

来たる日食のちょうど一年前に亡くなったインヨー様は、歴史上最も記録が残されている君主の一人だ。あの方はアン帝国の国境の向こうへ追放されていたシンギングヒルズの聖職者たちを連れ戻し、象牙と真鍮《しんちゆう》でできた豪華な鳥小屋を次世代のネイシンの巣として、大寺院に直々に寄贈した。そして即位以前の自分にまつわるあらゆる記録も、宮殿を追われてから四年後に戻ってくるまでに暮らした場所も、すべて封印させた。

シンギングヒルズの聖職者たちは記録に空白があることを好まなかったが、アン帝国での土地と身分の回復への見返りとして、口をつぐんだ。五年、五十年、いや、百年かかろうとも、ゆくゆくはすべてが白日の下に晒《さら》されるということを、歴史家でもある聖職者たちは知っているがゆえだ。

もし自分がここでの作業をやり終えなくても、大寺院にある七百年分の記録が証明する気長な辛抱強さで、いつの日か完成するとチーには分かっている。

でも、私は、今終わらせるべきだと信じる。今すぐに。

星図の質にはばらつきがあり、市場で売っているような古びた紙切れに殴り書きした程度のものから、見事なまでに優雅な巻物に天空とその下で暮らす者たちへの影響を非常に詳しく書いたものまである。チーは自分の星座である匙座に関連した占星図を何本も見直し、その予言の精度がまちまちであることを知り、面白がったりいらついたりした。チーは遠くワーシュイの丘陵地帯の出で、ここまでたどり着いたわけだが、控えめとか、優しいとか、大人しいなどと評されたくなかった。

背中に何やら感じて顔を上げ、ふり返ると、背後の敷居のところにラビットがひざまずいているのが見えた。命令を待っている仕事熱心な侍女といった様子ではなく、むしろ脚がもう体重を支えられなくなったかのように、片手を戸の端にかけ、もう一方の手を膝の上で握りしめながらひざまずいている。

「おばあさん！　転びましたか？」

チーは老女を助け起こそうとしたが、ラビットはチーを押しのけ、部屋に入ってくると、星図や占星図の紙切れを前にして座りこんだ。

「おばあさん？」

「秘密はもう見つけたのかい？」

「いいえ、まだです、おばあさん。非常に多くの運勢を見ました。天空にあるのと同じぐらい沢山の星も見ました。でも、秘密はまだ見つけていません」

また話を始めるのかと思いきや、ラビットは二本の星図を取り出しただけだった。一本はチーにも見覚えがあった。どの村の占い師も必ず道具箱に入れている、有名な古文書に載っている星図だ。ラビットはその巻物の兎座のところを開いて、それからもう一本の星図を広げた。こちらはチーがすでに記録したもので、老女は親指の腹で隅にある〈幸運〉という字を撫でた。

「さあ、〈鷲の目〉になって、よくご覧なさい」

チーは命じられた通りにやってみた。ほどなくして、分かった気がした。

「別物ですね。新しいほうの星図には星が少なくて、しかも星があるべき場所から、ひょっとすると、ずれていませんか？　それとも、歪《ゆが》んでいる？」

ラビットはうつろな声で笑った。「その通り。こんな風に描いたら、ひどい間違いか、素人《しろうと》か間抜けの仕業と思われる。完璧でしょう？　村の占い師がうってつけの情報源になろうとは誰が思う？　占い師が星の配置や動きをでっちあげていたことは、今では沢山の笑い話になっているぐらいよ」

チーは作り替えられた星図をさらに注意深く見つめた。そうするうちに、表面上のいい加減さや混乱の中に一定のリズムが見えたように思った。

「暗号なの」とラビットは言った。「皇后が予言者や占い師に夢中になっていると、アン帝国の誰もが知っている時期だったから、これなら地方で情報収集しても見破られなかった。皇后がどんな占い師とも話をするということは周知の事実だった。偉大な占い師でも、平凡な占い師でも、はっきり言って最低な占い師でも、平等にね。当時、都ではこんな冗談があった。皇后は寝床から出るにも、占い師が大丈夫だと安心させないといけないって」

ラビットはしばらく間を置いて、首を振った。

「名誉のために言っておくと、あの方は寝床で大量の仕事をしていたのよ。寝巻姿のままでね。この手の仕事をするなら寛いでいたほうがいいってよく言っていた」

チーは手を加えられた星図に触れ、ずれた星、足りない惑星、見たこともない曲線を描く星の通り道を見つめた。もしも市場でこの星図をたまたま見つけていたら、チーは占星術師の技術の著しく悪い見本と言っただろう。よく言ったとしてもきれいな絵だ。下手したら、ごみだと断じただろう。しかし、ラビットの説明を聞いた今、まったく違って見える。

チーの指が隅の文字に軽く触れると、ラビットはびくりとした。

「〈幸運〉、ですか？」

「あの人は違ったわね、あいにく」ラビットの言葉はまるでお針子の鋏《はさみ》で断ち切られたかのように素っ気ないものだった。一番下の棚に半ば隠れている小さな巻物を、ラビットは指さした。暗がりに置かれていたので、わざわざそばに行かない限り、チーは巻物に気付かなかっただろう。

「それは所蔵目録よ。すべての図を自分の手で目録にするんじゃなくて、あるものを使ってもいいかもしれない。少なくとも、いくらか時間の節約にはなるでしょう」

チーが礼を言おうと口を開くと、ラビットは素早く部屋の外に出て、後ろ手に引き戸を閉めた。

「〈幸運〉」とチーはもう一度言った。そして身震いした。

先の皇帝の治下において、不運であることは時として本当に救いがなかった。

＊＊＊

カズが〈煌めく光の宮殿〉に送り返されたあと、私は寂しくなった。そんな風に感じるとは思ってもいなかった。あの子は騒がしくて、ぐうたらで、仕事よりも遊びにいつも夢中だった。それでも、昼間には場を陽気にしてくれたし、夜には宿屋で荒くれ男たちから聞いた猥談《わいだん》を披露してくれることもあった。カズと一緒によく笑ったものだ。あの子の生意気ぶりに笑うときもあれば、だらしなさに笑うときもあったけれど、ほとんどの場合はあの子が本当に愉快だから笑った。

　ただ一人、あの子だけが、左大臣が宮殿に連れ戻しに来たときに泣き出し、ここに留まらせてくださいと頼んだ。左大臣は眉をひそめて、鋭い小刀で皮革にさっと切りつけたような形へと口元を変化させた。

「無論、皇后陛下への慕情はお前の誉《ほま》れとなろう。おそらく一年か二年もすれば、宮中からはお役御免となるはずだ」

　その言葉に、私はひんやりとした重い石が胃袋に入ったように感じたが、カズは目に見えて明るい表情になった。

「そうね、一年ぐらいならそんなに悪くないかも。そしたらここにまた戻ってきて、都から来たありとあらゆる遊びができますね、インヨー様？　そうでしょ、ラビット？」

「本当に、間抜けな娘だ。お前のくだらないおしゃべりには耐えられない」

　カズがぱっちりした瞳で傷心も露わな眼差《まなざ》しを向けてきたのに、インヨー皇后はいらだたしげに左大臣のほうに向き直った。

「この子は決してこちらに戻さないでおくれ。おしゃべりも、遊びもやめないだろう。ここでの仕事もしてくれなかったのだから」

　カズと一緒に来た他の二人の娘はしたり顔でうなずき、左大臣が交代のために連れて来た新入りの娘二人は、皇后がおしゃべり好きではないことを静かに肝に銘じていた。カズは日照りのときの箱柳のように萎《しお》れてしまった。インヨー皇后はまるでうんざりしたように背を向けたが、私は左大臣を観察しつづけた。

左大臣の視線は皇后からカズに移り、また皇后に戻った。冷酷な品定めが行われていることが、カズには分からなくても、私には見て取れた。最終的に、左大臣は両手を袖の中に仕舞いこみ、うなずいた。

「次にこちらの女性陣を選ばせていただくときには、もっとうまく選ぶよう努めましょう、皇后陛下」

インヨー皇后は一切合切がくだらないと言わんばかりに肩をすくめ、カズが左大臣に連れられて、私たちが名前を覚えもしなかった他の二人の娘たちと共に去っていくのを、顔を上げて見ようともしなかった。

何年かあとになってカズを見つけようとした際、あの方は年代記編者と死刑執行人という、それぞれ秘密の記録を残していた者たちに確認をした。学者のほうも、殺し屋のほうも、カズのことを覚えていなかった。側室の登録台帳には、カズが〈煌めく光の宮殿〉に入ったときの記録と、〈栄える富〉への滞在とそこから戻った記録が残されていた。それ以降は何もなかった。

皇帝の治世も終わりに近づくと、記録にはむらがあり、控えめに言っても乱雑だった。地味で人望のない妃が消えてしまうことは、記録上よくあることだった。ある晩、インヨー様と私は大いに酔っぱらって、カズが逃亡するならこんなやり方ではないかとあれこれ話し合った。船を盗んで海を渡ったかもしれないし、もしかしたら弾《はじ》けるような笑い声と札遊びでの不運ぶりのおかげで、通りすがりの変装した神様に拾ってもらえたのかもしれない。もしかしたら、大胆不敵な侍女か、あるいは馬小屋の少年と恋に落ちて、駆け落ちし、辺境の地で名声と富を得ようとしたのかもしれない。

もちろん、そんなことはどうでもいい話だ。逃げたにせよ死んだにせよ、インヨー様も私もカズに二度と会うことはなかった。

カズは皇后の別れの言葉に深く傷つけられたはずなのに、それでも約束をきちんと守ってくれた。カズを最後に見てから一か月後、約束の占い師たちが続々とやって来た。本物の超能力者も来たが、どうしようもないペテン師も来たので、そういう手合いには情けをかけて、田舎での働き口を見つけてやった。皇后の寵愛を受けたくて来た者もいれば、名声を求めて来た者もいた。そんな大勢の中から、私たちはインヨー皇后の計画に不可欠となる三人を見つけた。

最年長はチャン・フォンで、その昔、息子を皇帝直属の衛兵に殺された男だった。

フォンの妻は悲しみのあまり翡翠《かわせみ》に姿を変えて国を離れたので、妻を思い出させるものは自分の首に入れた翡翠の刺青だけになり、息子を思い出させるものは心の中の悲しみだけになっていた。未来を占うために使ったのは象牙の板で、それを折れた歯のように床にかちゃりと落とし、どちらの面が上を向いたかで進むべき方角を示すのだ。

最年少はワンタイ・マイ、南方出身の娘だった。マイは墓石職人と鳩《はと》飼いを両親に持つ女優で、気を抜いたときに狐《きつね》の尻尾が出てしまうという癖さえなければ、もっとましな評判が得られただろうにと思う。髪を鮮やかな赤に染め、まぶたに目を描き足していたので、私はその異様な姿に慣れるまでよく震えあがったものだ。あるときマイは、自分の鼻には苦難を嗅ぎつける能力があり、漁師から魚の臭いがするようにインヨー皇后からは苦難の臭いが漂ってきていると私に話してくれた。マイは頭蓋骨の膨らみから運勢を占うという手法を採ったが、相手の髪をずんぐりした指でこすりあげながら、しばしば同時にこっそりと財布を探ったものだった。

この二人の占い師の間に位置するのは……

さあねえ、あの人のことを何て呼べばいいんだろう？　公文書では〈幸運〉という名になっているけれど、実際のあの人は幸運でもなく、そんな名前でもなかった。母親が最初に付けた名前は、悪霊の目から見えなくなるようにと、あの人の民族の流儀で付けられたものだった。その名は〈手桶《ておけ》〉で、あの人には確かにそれらしい部分があった。縄で吊《つ》り下げられて、常に水が全部こぼれそうな状態の手桶のように体を動かし、前後によろめきながら、自分が思っているよりも足早に進んでしまうのだ。もちろん、私はあの人をある名前で呼んでいたけれど、染みついた習慣はなかなか断ち切れないものだし、その名が書き記されて、どこかで悪意のある目に晒されるなんて私には許せない。

あの人は仕事で北へ赴き、インヨー皇后のとても手厳しい親族たちと会ったとき、渡り鳥の一種にちなんでスカイと呼ばれた。皇后が私に語ったところでは、スカイという鳥は一年のうち四か月を北で過ごすけれど、残りの九か月はどこにいるのか誰も知らないらしい。そういうわけで、私もここではあの人のことをスカイと呼ぶことにしよう。

スカイにはマイのようなきっぷの良さも、フォンのような威厳もなかったが、天与《てんよ》の忠義心があった。とはいえ、私はスカイが現れたあの朝、そういうことは知らなかった。インヨー皇后はフォンと難しい話し合いをしている最中で、マイはというと女官二人を楽しませようと、何歳になっても名声と富と美が持続しますと約束しているところだった。

私はまたもや皇后の部屋の外にいて、のんびりと床を掃きながら、インヨー皇后とフォンの話し合いに耳を傾ける一方、同じことをしようという輩《やから》がいないかと見張ってもいた。

カズと違って、スカイは私を驚かせなかった。それどころか、足元の砂に向けていた私の目が自分のほうを向くまで、そして私がいらだたしげに箒を置かざるを得なくなるまで、手を振りつづけた。

「何なの？　こんなところで道に迷ったの？」

スカイはにやりと笑った。美男子ではなかった。どちらかと言うと、きちんとした顔を蠟で作っておきながらも、そこに熱を加えて、そうっと優しく斜めに引っ張ったような顔だった。それでも味のある顔ではあり、私はきつい言葉とは裏腹に、すでに少し優しい気持ちになっていた。

「いいや、お嬢さん、迷子じゃないよ。ちょっと、これを見て」

私は露台に立って、スカイが岸辺から石ころを一つ、また一つと拾うのを見た。浅黒い手の中の石ころは白っぽく、やがてスカイはその三個の石を空中に次々と放りあげた。私は半信半疑で石のお手玉を見つめていたけれど、もう仕事に戻ろうと思ったそのとき、石が三個ではなく五個に、やがて七個になっていることに気付いた。屈んで石を拾ったりしていないのに石が増えていくのだ。

私のことを田舎出身の信心深い愚か者だと思わないでちょうだい。確かに私はここの生まれだ。それでも宮廷での短いお勤め期間に世界有数の芸人に何人か会い、スカイと同じくらい滑らかで、巧みな手際を見ていたので、私は目の前の妙技にまるで感心しなかった。

スカイは私の心を読んだのか、一つまた一つと、お手玉していた石を的確な速度と力で投げると、石は春に氷が割れるときのような音を立てながら、次々と近くの木々に命中した。

残りの石は三つになり、二つになり、そして最後の一つをスカイは私の顔めがけて投げてきた。私は悲鳴をあげ、後ずさりした。あの大きさの石が命中したら、鼻が折れるか、命を落とすかしそうだったからだ。急に後ろに下がったので私は露台に尻もちをついてしまい、目をつぶり、激しい痛みが襲ってくるものと身構えた。

ところが、一向に石がぶつからないので顔を上げると、桃色で香りの良い牡丹《ぼたん》の花びらが頭上から降っているのが見えた。

そのとき、スカイがその味のある顔に大きな笑みを浮かべながら、露台に器用によじ登ってきた。

「気に入った？　下町でまじないをやってる女の人に教わったんだ。自然の精霊の力だって話で――」

言葉はそこで途切れた。私が激怒してスカイを露台から突き落としたからだ。落ちたのは軟らかい地面の上だったものの、それでもスカイはぎょっとした顔でこちらを見つめた。私はひどく無様な姿をしていたに違いない。恐怖も、動揺による涙も、屈辱感も両目にこみあげてきて、顔がくしゃくしゃになっていた。

「これを掃除しなきゃならないじゃないの！　ひどい芸。もう二度とやらないで！」

私の非難に対してどんな反応を返そうとしていたのかは分からない。私のことを笑うつもりだったか、それとも冗談が通じないやつだと冷めただろうか。というのも、そのとき、背後の戸が開き、皇后が悠然と出てきたことに私たちは二人とも気付いたのだ。あの方はその場を一瞥《いちべつ》すると、地面に倒れている若い男を睨みつけた。若い娘だったとはいえ、その眼力は凄まじく、スカイはよろよろと立ち上がり、おそらく雄々しく死ぬ覚悟を決めたのだと思う。

「お前がここを汚したのか？」

「はい、皇后陛下。私がやりました。お許しください」

きっと鼻先で笑って、二度としないようにと言うだけだろう。正直なところ私はそう予想していたけれど、意外にもあの方は目を細めた。スカイをちらりと見て、それから私をちらりと見ると、スカイに指を突き付けた。

「この子の掃除が終わるまで手伝うように。それから、これからは芸を披露する前に、相手が喜ぶかどうか確かめることだ」

「はい、皇后陛下。お慈悲に感謝いたします」

その言葉に皇后は鼻で笑い、自室でフォンと共に何十本もの星図に目を通す作業に戻った。フォンは格別に熟練した名人で、彼の星図はいつも完璧な縮尺で、完璧な最新版だった。

スカイは用心深く、地面から私を見上げた。

「そこに上がってもいいかな?」

「皇后様がそうおっしゃってたんじゃない?」

「そうだけど、だからって君がそう言ったわけじゃないから」

私がいらだたしげに手招きすると、出し抜けにスカイは私の手から箒を取りあげて、驚かせた。

「ほら、ここの手摺りに座ってなよ。ね?」

私は言われた通りにしなかった。その代わり、引き戸にもたれて座りこんだが、それでもスカイは満足げだった。

スカイは牡丹の花びらを掃いた。掃き掃除をしながらも、箒と踊って、両手で持った箒を美女みたいにくるくると回した。踊りながらとても陽気な鼻歌を歌ったので、私は思わず露台の床を指で叩いて拍子を取ってしまった。すると、スカイは私に向かってにっこりと笑い、どんなにおかしな冗談にも笑わない不機嫌な兎について歌い出した。

「むしろ、おかしな冗談ってものをあなたが知らないのかも。そう思わない？」

スカイは私に向かって片目をつぶってみせた。まるで最高に素晴らしい口火を切ってくれたと言わんばかりに、そこからスカイは冗談を連発した。月の兎にまつわる古い冗談から始まって、小便で海を作った巨人の話、ひどく酔っぱらった龍の暴れまわった跡が世界一下品な冗談になっていた話に至るまで、かなりひどい冗談ばかりだった。

最初のうち、私は気を張って唇を固く閉じていた。その手の冗談を言う人を付けあがらせるべきじゃないと思ったからだ。それでも口元は震えはじめ、笑いという私の人生に縁遠かったものが内側から湧いてきて、私は声をあげて笑い出した。

もちろん、スカイはそれで付けあがってしまい、さらに馬鹿げた冗談を、まったく意味をなさない冗談を披露したけれど、私は笑いを止められず、息を継ぐのもままならなかった。

スカイがようやく冗談の連発をやめたときには、私は脇腹が痛くなっていた。インヨー皇后とフォンが何事かと部屋から出てくると、私は象の綱渡りの話がどうしてすごく面白いのかをやっとのことで説明した。

「ふうん、誰かさんは楽しく過ごしているようで良かった」とインヨー皇后は言ったけれど、そう言うあの方の顔はうっすらとほほ笑んでいた。

＊＊＊

オールモスト・ブリリアントは小首を傾げ、ラビットを見つめた。

「私は何も忘れません。ご存じでしょうけど」

ラビットはうなずいた。

「ええ、知ってるわ。でも、これは香辛料の箱や星図と同列に扱えない話よ」

戴勝《ヤツガシラ》は老女が持ってきてくれた米粒をぼんやりと、まるで考える時間を稼いでいるかのようについばんだ。

「このことは秘密にできません。あとでチーと私だけになったら、きっと伝えるでしょうし、もちろん、誰かに問われたとき、あるいは私に子どもができたときにも必ず伝えます」

ラビットはため息をつき、必ずしも自分自身を理解していないかのように両手を広げた。

「それで結構。でも、問うた人だけに、そして可能なら広い心で聞くように働きかけてちょうだい。聖職者の中で一番親身になってくれる人に説明するよりも、鳥や森の獣に説明するほうが容易《たやす》い事柄ってあるものよ。スカイは取るに足らない存在で、インヨー様の密偵や密使の中でも一番の下っ端だったけれど――」

オールモスト・ブリリアントは弱まりつつある光の中で翼を羽ばたかせた。

「理解しています。あなたのために、スカイを記憶しましょう。そして、私の子どもたち、そのまた子どもたちも同じように記憶していきます」

「ありがとう」

## 9

平たい棒の絵が刻印されている筒。角《つの》、銀、木材。角製の筒は細かな銀がちりばめられた紐で縛られている。中に収められている幾つもの平たい棒には、北に伝わる神秘的な文字が彫ってある。

三本の棒を束ねたもの。木材と革。筒の中の平たい棒のうち、この三本だけが抜き出されて、細い革紐で縛ってある。

言うまでもないことだが、〈栄える富〉には亡霊がいる。アン帝国ではたいていの場所に亡霊がいるのだ。この地は数百年前にはアーンフィという国で、その前はカン、そのまた前はシンギングヒルズの聖職者以外には忘れ去られているがパンアーという国で、その都は怒れる海神の起こした波に呑みこまれたそうだ。

亡霊はアン帝国での暮らしに付き物で、鼠《ねずみ》よりは厄介だが、十二年おきに押し寄せる戦士蝗《いなご》よりはましな存在だ。チーは亡霊を怖がりはしないものの、このまま亡き皇后の持ち物の目録を作っていたら、〈深紅の湖〉のほとりのこの物寂しい屋敷で、亡霊の仲間入りをしてしまうのではないかと不安に思った。

ここ、〈栄える富〉には、抗しがたい引力のようなものがある。インヨー皇后の流刑中の暮らしについて研究すればするほど、ここの品々を見れば見るほど、もっといろいろと見たくなる。チーは何度となく、部屋の片隅や扉の陰からじっとこちらを見つめるラビットに気付いた。これまで自分が生きてきた物語が一つまた一つと引き出されるのを、老女はじれったそうに待っているのだ。

今朝、洗濯物を入れる籠の向こうに、チーは絵が刻印された筒を見つけた。ラビットのところまで持っていくと、老女は恨みのようなものをにじませた笑みを浮かべた。

「ああ、それのこと。都で〈幸運の棒〉と呼ばれていたものよ。北方が起源で、ティーリン文字が書かれている。当然だけど、インヨー様が獅子の玉座に座るまでは流行っていなかった。きっと見たのは初めてなのね？」

「はい。今度、日食の記録のために都入りしますが、都はそれが初めてですから」

「おや、それは素敵な話じゃないの。さあ、どうやって使うか見せてあげるわ」

チーは露台でラビットの向かいに座り、老女が筒に蓋をして、中に詰まっている棒をかちゃかちゃと鳴らすのを見守った。老女は棒を鳴らしながら、街角の占い師のような唸《うな》り声をあげた。

「幸運の女神、サオ・ミン様！　富の神、フェイウー様！　愛の聖者、シャオ・ムー様！　我らが手を見守り給え！　そして、正しき方向へ導き給え！」

　ラビットは手の中で小さな筒を少しはずませながらひっくり返して、蓋を外した。棒はぎっしりと詰まっているので全部出てくるということはなく、三本だけが少しせり出した。慣れた手つきでラビットがその三本を抜き取り、チーの前の床に並べる。

「ティーリン文字は読めないんでしょ？」

「私の見習い期間が終わったあとから、教えるようになったそうです。後輩たちは読めるのですが、私はまだ個人的に習得する時間が取れていません」

「是非、時間を作って勉強なさい。アン帝国の公式な文字になりはしないけれど、北からの商人たちが増えるにつれて、間違いなくさらに普及するから。さあ、それはともかく、あなたの引いたものを見てみましょう。〈北〉を意味する文字、〈走る〉を意味する文字、〈龍涎香《りゅうぜんこう》〉を意味する文字が出たわね」

　チーが見つめる中、ラビットは指を二本、筒の中に差しこみ、今にも破れそうな三つ折りの紙を引っ張り出した。虫がのたくったような文字が書かれた紙に、細めた目で長々と見入ってから、ラビットはうなずいた。

「ほら、この組み合わせは、あなたの仕事上の成功を意味している。だけど、必ずじっくりと時間をかけて物事を受け止めること。何だかんだ言って、天才を好きな人はいないわ。忍耐心をあなたの座右の銘になさい」

「老師たちにも常々そう言われてきました。占ってくださって、ありがとうございます」

「さあさあ、才能の片鱗《へんりん》を見せてちょうだい。これを見つけた場所に一緒に置いてあった棒を読み解いてみたら？」

そう言われたチーは肩をすくめ、束ねられていた棒をばらした。遠い昔に示された運勢だ。別の場所であればまどろっこしく感じたかもしれないが、これまでに学んだことから、そしてラビットがこちらを見つめ、伝えようとしている様子から察するに、ここではまた新たなことを教えてもらえるに違いない。

棒は長期間いじりまわされていたのか、筒の中の棒よりもわずかに黒ずんでいる。チーは少し時間をかけて、角張ったティーリン文字を読んでいく。アン帝国のほぼ全土で使われている曲線的な表音文字とは随分と違う。やがて、チーは紙をしわくちゃにしないように用心しながら、一致する表意文字を古い紙切れ上に探した。

「おそらく……これは〈風〉を意味する文字、これは〈羊毛〉の文字では？　そして、こちらはたぶん、〈水〉を意味する文字ですか？」

「いいえ、その読み解き方は違うわ。今回、鋭い観察眼の出番はなし。それよりも耳を使うの。思い出してちょうだい。もともとショー帝の時代に、北の国はその背後をアン帝国によって破られた。その当時は……」

「人々は今の私たちが話す言葉ではなく、アン帝国の南部方言で話していましたね」

ラビットはほほ笑んだ。「そう。聖職者はまだ南部方言を教わっているんでしょ？」

「そうです。では、これを南部方言で読んでみましょう。水、風、羊毛、水、羊毛、水、風……バー。べー、コン……」

「南部方言になったわね。今度はそれを北の言葉にしてごらんなさい」

チーは一心に考えた。ティーリン文字を音節文字として解釈し、そこから南部方言へ、そしてできた音の固まりで言葉を作る……。

「コンシ……アール・シ・コン。将軍の名前ですね？　コーアナムの浅瀬の戦いで、アン帝国の軍勢を率いていた人物です」

「正解。よくできたわね。インヨー様は、〈幸運の棒〉で出たみずからの運勢を、故郷へ送って読み解かせることにこだわった。もちろん、左大臣は極秘情報のやり取りじゃないかと疑ったわ。なにしろ、疑うのがあの男の仕事だもの。左大臣は棒そのものの送付を許可せず、書記を一人ここまで派遣し、棒に書かれた文字を書き写させてから、書面だけを北へ送らせた。あの愚か者は自分を破滅に導いたのが、インヨー様の故郷の言葉ではなく、何世代も前に北にもたらされた自国の言語だとは思いもしなかったでしょう」

チーは棒を弄びながら、〈鉄の将軍〉として知られるアール・シ・コンの名を口にした。アール・シ・コンは最初の粛清で死んだ。頭部を胴体から引きちぎられ、杭《くい》に突き刺されたのだ。それはかつて将軍自身が北方での戦争中に捕らえたすべての男たちに下した処刑方法だった。

シンギングヒルズの聖職者たちは、あまりに深く事物を見すぎることの危険性を常々意識してきた。大寺院の分厚い石壁に残る火災の痕跡は、仔細《しさい》に見られることを好まない数多の武将や君主について実に雄弁に物語る。そのため、数年おきに、知恵と経験が豊富な年長のネイシンが一羽、ツーにある姉妹寺院に送られ、持てる知識のすべてを異郷の幼鳥たちに伝えることになっているのだ。

世界の歴史が家の壁そのものに残り、頭上で羽ばたき、食事の大麦と一緒に調理される、そんな環境でチーは育った。だが、その重みが伸《の》しかかり、濡《ぬ》れた毛布のように覆いかぶさるのを、これほど感じるのは初めてだった。

＊＊＊

聖職者は〈栄える富〉を目にすると、帝国の臣民としてのみずからの歴史をそこに見るものだ。その職にある者としての分を含めると、歴史を二重に所有しているのだろうけど、だからといって私は聖職者がうらやましくはない。〈塩と運命の皇后〉は、臣民全員のものだ。あの方は空想をかきたてるところがあり、恐ろしくもあり、華やかでもあり、時としてこの三つを同時に兼ね備えていた。あの方について書かれた戯曲は何十作もあって、亡くなってもなお上演されそうな良作が幾つかある。年配の女たちは皇后のように三つ編みにした髪を冠状に頭に巻きつけるし、皇后のお気に入りの宝石だったからという理由で、柘榴石《ざくろいし》は都の至る所で見かけられる。

あの方はアン帝国のものだけれど、〈栄える富〉は私たちだけのものだ。

最初のうちは牢獄《ろうごく》だった。なにしろ、昔からここは皇帝に喜びをもたらさなくなった妻たちを罰するための場所だったのだ。死刑執行人に絹糸で首を絞められるよりはましだったが、それでも皇帝直属の死刑執行人はどこであろうと現れた。ここには、長い裾を羊歯《しだ》の茂みに引きずりながら湖畔を歩く、とても優雅な亡霊が何人かいる。

中には舌も手も目もない侍女を従えている者もいるので、インヨー皇后に忠義を尽くした結果がどうなるのか、私は重々承知していた。

少なくとも私にとって、〈栄える富〉は避難所でもあった。宮殿での私は、他の娘たちと同じように、いや、それ以上に田舎を馬鹿にしていた。そうでもしないと泥臭いと思われそうでいつも心配だったからだ。ここに来たことで私は新鮮な空気を吸い、採れたての野菜を口にできた。私が籠いっぱいに二十日大根を採ってきた春の日、インヨー皇后は声をあげて笑ったけれど、私と同じようにあっという間に平らげた。とても新鮮な、ピリリとした風味の完璧な二十日大根だったから、今でも春風の中に座って頬を風に撫でさせていると、あの味が口の中によみがえる。

最終的に、〈栄える富〉は戦のための本拠となり、司令官となったあの方は夜遅くまで露台に座り、故郷である北の方角と、復讐《ふくしゅう》のための東の方角を見ていた。時には左大臣が置いていった娘たちの眼前で、占い師でもある密偵から報告を受けたこともあった。私はあの方の目の中に、こちらを見守る霊魂を幾つも見た。それはあの方の亡き一族の霊魂で、一族の女たちが南へ連れて行かれるなら、武器として赴くのでない限りは死ぬべきだと考える人たちだった。

暑い夏の朝、皇后の侍女二人がうたた寝をしていたとき、スカイが北の占い師からの便りを携えて戻ってきた。スカイは初めて会ったあの日よりも、顔の肉付きが良く、身のこなしも注意深くなり、随分と大人になったように見えた。そのせいで前よりも魅力的に感じられたけれど、そもそも元から醜いわけでもなかった。

「イガルスク＝イノからの返事を持ってきてくれたか？　来年の私の運勢については何と？　読み解いてもらうために、三つの運勢を送ったのだぞ」

インヨー皇后が焦っていることは、手の中で弄ばれている〈幸運の棒〉からしか見て取れなかった。あの方がその棒を、解釈の余地なく〈死〉を意味する北の文字が彫られている棒を、どれだけ頻繁にいじっているか知っているのは私だけだった。

スカイは書き写してきた紙切れの一枚目を皇后に手渡した。そこに書かれた文字は、〈石炭〉、〈山〉、〈槍〉を意味するチュー、マー、ローだった。それが暗示するのはマー・チローという獣じみた男のこと。植民地を個人的な狩り場と見なす小将軍の一人で、海豹《アザラシ》だろうと、鹿だろうと、女だろうと、狩りの獲物にするような輩だった。

「最初の運勢については、聖者はこれが最も幸運だと申しました。皇后陛下の心配事は眠りにつき、二度と戻ってこないでしょう」

マー・チローは確かに、その通りになった。狩りに出たまま行方知れずになり、数年後、女が使うような小さな紡錘《ぼうすい》が片目に刺さり、骸骨から旗のように衣がはためいている状態で発見された。

　インヨー皇后は安堵《あんど》してうなずいた。

「それは素晴らしい運勢だ。それで、二つ目は？」

　スカイは二枚目の紙切れを皇后に渡した。そこには北の文字で、〈雹《ひょう》〉、〈輪〉、〈南〉と書かれていた。南の言葉ではパー、ロー、ツェだ。これが暗示するポー・ローツは、アン帝国を常夏に保っている帝国軍の魔術師の一人で、規律正しく、威厳のある男だった。

「イガルスク＝イノは皇后陛下の二つ目の運勢について、非常に長い時間、黙考いたしました。つまるところ申したのは、皇后陛下は人生において警戒と希望を同等に持つべきだということです。太陽は真夜中に決して昇らないと思われるかもしれませんが、絶対に昇らないわけではありません」

　結局、ポー・ローツは真夜中に昇る太陽になった。時が来たとき、ポー・ローツは北が頼んだことをしてくれた。つまり、何もしなかったのだ。そして、その後の混乱と流血の最中、魔術師は自分の兵舎に閉じこもっていたと言われている。発見されたときには息に猛毒の金属臭を漂わせ、手には娘の小さな肖像画を持っていたそうだ。娘は大変な美人で、何年も前、サン帝の父親の治世に〈煌めく光の宮殿〉の後宮へと入った。そして彼女もカズのように、長年数多の女たちがそうなったように、人知れず姿を消してしまい、その存在が宮中で人目を引かなかったように、その最後も人目を引かなかった。それから何年も経ったある晩、お酒が入ったインヨー様は、戦に勝利したのは名もなき、沈黙させられた女たちのおかげだと言い、異論を認めようとしなかった。

しかし、その日のあの方は目を細めて身を乗り出し、うなずくだけだった。

「それで、三つ目は？　三つ目はどうなのだ？」

第三の運勢はシー、アール、コンで、それが暗示するのは皇后の兄を殺した将軍アール・シ・コンだ。スカイが首を横に振ると、インヨー皇后は両こぶしをきつく握るあまり、爪が手のひらに食いこんだ。

「偉大なる聖者は星と古代の書物を調べました、皇后陛下。結果、重要であるからこそやるべきではない企てがある、とだけ申しておりました。野望の中には寝かせておいて、人がそれを抑えこめるほど強くなるのを待たねばならないものがあるのです」

インヨー皇后は理解したかのようにうなずいたが、アール・シ・コンに対する野望について、あの方は抑えこむ気などさらさらなかった。叩きのめすことだけが望みだった。しかし、インヨー皇后はスカイの労をねぎらい、今回知ったことについてじっくりと考えたいので、是非少し滞在していくようにと頼んだ。皇后は待つことに非常に長けていたけれど、この運勢の報告だけは特別だった。

もちろん、送らなくてはならない便りが他にもあり、都にはスカイの働きを重宝がる家が幾つかあったが、そういう家で囁かれる、獅子の玉座に誰が座るかという話は、白樺の樹皮に書かれた運勢よりも信憑《しんぴょう》性に欠けるものだった。とはいえ、ある朝早く、スカイをきのこ狩りに連れて行くようにと命じられたとき、インヨー様にとってはスカイを〈栄える富〉に留める理由が他にあるのかもしれないと、私は考えずにはいられなかった。

「本体なき影を見るとは、おかしなことだよな」

土をしげしげと見ていた私は顔を上げ、スカイを睨みつけた。

「何を馬鹿みたいなこと言ってるの？　静かにしてないと、きのこが逃げてしまうわよ」

スカイは物珍しげに首を傾げた。

「本気で言ってる？　それとも、俺を黙らせようとしてるだけ？」

「黙ってほしいんだけど、もっとまともにしゃべってくれるなら話は別よ。どうして影の話なんてするの？」

「だって、皇后様の手が届く範囲にいない君を見るのは、今日が初めてだからさ」

「それって、皇后様と私の行動を逐一、注意深く観察して、いつでも居場所を知っているってことになるわね」

「まあ、皇后様よりも君のほうに注意を払ってるんだけどね」

自分でも頬が深紅色に染まるのが分かり、いつにない感覚に私は頬をこすった。

「馬鹿みたいなこと言わないの。ほら、その籠をちょうだい」

私は皺の寄ったきのこを二つ見つけた。黒ずんでいて、いい土の香りがした。翌年にもここできのこに育ってもらうために、どうやって土を乱さずに引き抜けばいいか、お手本を見せてあげた。スカイは怪訝《けげん》そうな目つきできのこを見た。

「ひどい見た目だな」

「なんならあなたの分のきのこをもらってあげてもいいけど、胡麻油で炒《いた》めたきのこを食べたら、きっと態度を変えると思う」

「いや、そういうことを言ったんじゃないよ。皇后様がおいしいと言う割りに、見た目が醜いって言っただけだ」

「場合によっては……一番ひどい見た目のものが一番おいしいということがあるのよ」

そう言いながら、私はさらに頬を赤らめ、スカイを横目でちらりと見た。スカイは私をまじまじと見つめた。

「それ……褒め言葉なのか？　俺のことを褒めようとした？　人を褒めた経験がないのか？」

「違うから！」

スカイはげらげらと笑い出し、あまりに笑うので、もしもきのこに脚が生えていたら、次のきのこは決して見つけられなくなりそうなほどだった。私たちはインヨー皇后が大好きな小さくて皺の寄っているきのこも、赤と橙色のひだがあって、驚くほど鶏肉の香りがするきのこも籠に入れた。

スカイはきのこのことがあまり分かっていないうえ、方向感覚についてはあまりどころではなく駄目だと分かった。下山中に迷子になりそうな様子だったので、終いには私が手を引いてあげた。

もちろん、きのこをなくさないためだ。

その夜、他の二人の侍女たちが眠っている間に、私たち三人は露台に設置した小さな火鉢できのこを炒めた。一か月間も気温の高い日が続いていたので、湖が悪意に満ちた目のように輝き、不気味なほど美しかった。

「こんな風に湖に見つめられながら、暮らしていけるもんですか？」とスカイが尋ねた。自分が高貴な人と一緒にいるという事実を忘れているようだった。

インヨー皇后も、自分に都合が良ければいつでもその事実を忘れたように振る舞える人だったので、肩をすくめただけだった。

「暮らしというのはそういうものだと思う。耐えるか、終わらせるか。今のところ、私たちは耐える能力があることを証明している」

口いっぱいにきのこを頬張りながら、私は何も言わなかった。湖にも美しさを見出《みいだ》せるとも、最初のうちはとても不気味に感じられるものであっても安らぎを見出せるようになるとも言わなかった。初めて湖の発光を目撃したとき、私は声をあげて泣いたが、この頃になると、ほとんど毎晩、赤い光を浴びながら露台で眠るようになっていた。もしもあれがある種の怪物だというなら、きっと私を見守っている怪物だし、少なくともまだ私を貪り食っていなかった。

その晩はこの話をしなかったが、あとになって私はスカイに打ち明けた。その頃のスカイは湖への恐怖をすっかり忘れ、私も彼への最後のためらいを忘れていた。

＊＊＊

ラビットが〈栄える富〉を留守にしていたことにチーが気付いたのは、老女が戻ってきて、舗装された小道を上がり、手から土を払いのけるのを見たときだった。老女の指は墨だらけで、顔には妙に生真面目な表情が浮かんでいた。

「こんな質問は不躾《ぶしつけ》かもしれませんが、おばあさん、何をしていたのですか？」

「不躾じゃないわよ、ちっとも。昔書いたものを埋めていたの」

チーは首を傾げた。

「オールモスト・ブリリアントと私にとってそれほど忌み嫌う行為はないと、おばあさんもお分かりでしょうに」

「ええ、だから、あなたとネイシンが物置で忙しくするまで待っていたのよ」

チーは続きを待ち、ラビットはため息をついた。

「時間が何より肝心なの。言葉を正しく理解してもらうためには時間が必要なのよ。死んだ者たちへ相応の敬意を表してもらうためにもね。人の口の端に上ったときに、あの人たちが恥をかかされるのは嫌だもの。でも、残された時間はほんの少しで、決して完璧にならないことも分かってる」

チーがおそるおそる手を伸ばすと、ラビットはその手をうわの空で握った。

「私と同じシンギングヒルズの者なら、たとえ記録が完璧でなくとも、少なくとも世に出すべきだと言うでしょう。完璧でなくとも、胸の中だけにあるよりは、記録として存在したほうがいいのです」

ラビットがしばらく黙りこんだので、答えてくれないのかとチーは思ったが、やがて老女はうなずいた。

「たぶん、あなたが正しいわ。明日ね。今夜考えをまとめておくから、明日にはもう少し話してあげる」

# 10

錫製の霊場記念品、足を一本上げた穴熊。

木製の霊場記念品、桜材で、〈服従すれども、真実にのみ〉という格言が刻まれている。

巡礼の旅程表。上質の木綿紙と墨。アン帝国全土の二十四の霊場名が並び、それぞれの横に印がつけられている。


作業している座卓の上に散らばった二十四個の霊場記念品を見て、チーはおもちゃや裁縫道具を思い浮かべた。どれも簡素な品で、新しい屋根や聖像のための費用を少しでも賄うため、神のささやかな恵みとして聖職者が各々の霊場で売っているものだ。シンギングヒルズ大寺院では、羽を休めた戴勝《ヤツガシラ》をかたどった香り付きの小さな蠟彫像が売られているが、よそとは随分と違うものだなとチーは思った。

記念品と旅程表には何やら禍々《まがまが》しいものが感じられて、チーは記録を付けたあと、筆をおいた。これらの記念品には実際以上の重みがある。〈栄える富〉それ自体も、物語と策略と謀議と憤怒《ふんぬ》でこしらえられた場所のように思われた。

結局、チーは記念品をひと摑み拾いあげると、ラビットを捜しに行った。

そして、ようやく湖岸でラビットを見つけた。チーが見ていると、老女は石を一つ拾い、顔を寄せて吟味したうえで湖面に向かって投げた。二度投げ、そのたびに不満そうな表情をしてから肩をすくめた。

「スカイは水面で石を四回、時には五回、六回と跳ねさせた。私はいまだにコツを摑めないわ」

「たぶん少し回転させて、上というよりも外に投げ出すといいのだと思います。それで、この品々に関してですが、どんなことをお話ししてもらえますか？」

記念品を差し出されても、ラビットはまるで驚いた様子を見せなかった。老女は聖職者の手から記念品を取ろうとはせず、その代わりにまるで子どもがいろんな木の実から一番好きなものだけを選《よ》り分けるように、指一本で幾つかを寄せた。

「そうねえ、これは、〈踊る少女〉の霊場のものよ。〈踊る少女〉はもう神様じゃないし、崇拝者も少なくなったけど、当時はうまくやっていた。西の端に進出するための戦いで孤児になった幼い女の子たちの受け入れ先になってたの。それから、これ。これは、バンガラの寺院のもの。あそこでは僧も尼僧も、ある一匹の兎から戦い方を教えてもらったんだと自慢していたわね。バンガラの尼僧の一人が一呼吸の間に六回蹴りを放ち、積み重ねられた板を一枚ずつ、空中高く舞い上がらせる技を見せてくれたんだけど、あんなに素早い動きはいまだに他でも見たことがないわ」

ラビットは一旦言葉を切り、鋭い目をチーに向けた。

「だけど、旅行話を聞きたいわけじゃないでしょう」

「私はすべてを知りたいですし、おそらくそれは旅行話から始まるのではないかと思います。おばあさん、お話しくださるなら、私は耳を傾けます」

ラビットはため息をついた。一方、チーは正しい言葉で頼みさえすれば何でもしてくれる妖精を思い浮かべた。ラビットは岸辺に腰を下ろし、少し遅れてチーも座った。日中の湖水は透き通った緑石英《りよくせきえい》の色で、よその湖と同じように美しく、何の変哲もない。真実が露わになるのは、夕暮れ時だ。

＊＊＊

インヨー皇后の巡礼の旅は、私たちが二年近くかけて準備したものだった。おそらく皇后がそれまでにした中で最もアン帝国らしい行為で、異国出身の皇后がようやくしきたりに従ってくれたと都の人々は内心ほっとしていたに違いないけれど、左大臣は賛同しなかった。

ある秋の日、左大臣はあのような身分の男として可能な限り唐突に、〈栄える富〉に現れた。任務を帯びているような素振りを見せず、護衛を連れて、控えめとは言いがたい調子で謁見を求めてきた。

「我らが最高の聖者の足跡をたどるというのは結構なことですが、こちらに留まることをお考えになったほうがよろしいかもしれません」

謁見の間で壇上の席を隠す数珠玉の間仕切りの向こうから、インヨー皇后は左大臣をじっと見つめた。その日のあの方は、いかにも流刑中のアン帝国皇后らしく振る舞っていたけれど、左大臣が皇后のこれまでのどんな応対よりも、今回の謁見の仕方を嫌がっていることが私からは見て取れた。

「それで、どうして私が留まるべきだと？　輿で旅するには道中が危険すぎるか？　都の情勢が不穏か？」

「無論、そのようなことはございません。偉大なる神々の思《おぼ》し召しの下、皇帝陛下がアン帝国の国土を統治しておられますゆえ、そのお膝元で騒ぎなどあり得ません」

「では、なぜ第二の故郷の聖地を訪れるべきではないと？　私の前に、ランティ皇后もドゥニアン皇后もなさったことではないか？」

インヨー皇后は現在の皇帝の祖先で、その信心深さと従順な性格で名高い二人の女性の名を挙げた。左大臣の口元に不愉快そうに力が入った。

「皇后陛下、失礼なことを申し上げますが、そのお二人はどちらもアン帝国の貴族のご出身です。臣民はその皇后様方を見るときとは違う目で、皇后陛下を見ております」

インヨー皇后は間仕切りの向こうで黙りこんだ。謁見の間の薄暗い片隅に座っていた私からは、あの方の引きつるような微かな動きが見え、その日の朝、私が着せた嵩《かさ》張《ば》る絹の礼服をあの方の手がぎゅっと握りしめるのが分かった。

「左大臣よ、アンは今では我が故郷だ。もしも民衆が私を八つ裂きにするのなら、この国と皇帝陛下の庇護《ひご》を信頼した私が間違っていたということになる」

左大臣もこれには反論できなかった。嫌がらせをしたり、何かをほのめかしたり、真っ赤な嘘《うそ》をついたりすることもできただろうが、結局のところ、インヨー様は皇后、神に近い存在であり、左大臣は人の子にすぎなかった。自分の護衛に〈栄える富〉を監視させることを左大臣が検討し、それがどれだけの代償を払うことになるのか、異国出身の皇后に対して漠然とした疑いを抱いているというだけでその監視体制を維持できるのか、考えを巡らせているのが見て取れた。

最終的に、左大臣は自分の関心をどこかよそに向けたほうがいいと判断したのだろう。道中はあまりに退屈だとか危険だとか思われるかもしれません、などと余計な忠告をしたあと、退出しようと立ち上がった。しかし、その最中に左大臣はちらりと横を見やり、ひざまずいていた側仕《そばづか》えの者たちを一瞥すると、スカイに目を留めた。

「お前のことは承知しているぞ。占い師だな？」

「そうです、閣下。この数年、皇后陛下のために占いをしております」

「なるほど。それで、無論、今回の巡礼には参加しないのであろう？」

「いえ、閣下。随行いたします。西の地まで行きついたときに私めの洞察力を使いたいというのが、皇后陛下の仰せです」

左大臣はインヨー皇后に向き直った。

「皇后陛下が北の野蛮な予言者のもとに派遣なさっていたのは、この男ですな？」

「そうだ」とインヨー皇后はわざと退屈そうに、なおかつ気短げに言い捨てた。

「今、都では北の芸術が少々流行っております。この男をお貸しいただければ、我が家の女どもを喜ばせられるのではないかと思うのですが」

インヨー皇后は肩をすくめた。

「好きにするがよい。こちらの旅程表は持っているであろう。用が済んだら、その男を巡礼団のほうに送り届けるように」

スカイは左大臣の護衛に連れて行かれる以外になすすべもなく、一行が屋敷から出ると、インヨー皇后は悲しげな眼差しを私のほうに向けた。

「あの人を渡さないことだってできたでしょうに」と私はその晩、皇后の豊かな波打つ髪を梳《くしけず》りながら言った。私は囁くよりも静かに話したので、声の震えをほぼ完璧に抑えていた。

「できただろうが、他の代償を払うことになるかもしれなかった。すまない」

眠れない夜、私は時々、インヨー皇后がスカイのことを安い代償だと判断したのに違いないと思いめぐらす。巡礼の旅に出発できて、景勝地を楽しみ、帝国内の偉大な占い師たちに運勢を見てもらい、おまけに帝国の気象魔術師や要塞や軍隊の能力並びにその忠誠心を評価できるという、そのすべての代償が一人の占い師を失うだけで済んだのだ。

私からの尊敬と愛も、インヨー皇后は失って当然だった。そうなる可能性はあったけれど、私が櫛《くし》を片付けようとした瞬間、皇后の手が私の手を覆った。あの方は埋め合わせをするとは私に言わなかった。なぜなら、そんな見込みはなかったから。すべて丸く収まるとも言わなかった。なぜなら、絶対にそうなるはずがなかったから。

私はそのときまで長いことあの方と運命を共にしていた。故郷に帰れる者が少なくとも一人いることになると言ってもらえたときからだろう。インヨー皇后の故郷は北にあり、私の心のよりどころは左大臣と共に東へ行ってしまったので、私たちはお互いにできる限りのことをするしかなかった。

私たちは〈栄える富〉から南へ、そして西へと、大行列で進んだ。皇后の巡礼というものは、かなり盛大な行事なのだ。侍女に衛兵、下働きに荷運び人など全員がその長く、のろのろと進む行列の一員であり、もちろん、そこには鳩のための巨大な鳥籠も含まれていた。

これもまたアン帝国の伝統だというのは、言わずもがなだ。皇后は道中に鳩を放っては、白い鳩が何十羽も飛ぶ光景で民衆を喜ばせた。国中の裏道を知り尽くしているスカイは一緒ではなかったけれど、鳩飼いの娘であるマイは随行していた。クークーと鳴く鳩の群れに、マイはただ一つのことを徹底的に仕込んだ鳩を紛れこませていた。旅の途中で霊場に着くたびに、マイの賢い鳩が他の鳩と一緒に空に舞い上がり、細い脚に暗号文を巻き付けたまま、北へ羽ばたいていった。

旅に出た当初、インヨー皇后は機嫌が悪かった。些細《ささい》な間違いをした牛追いたちを首にし、料理人や侍女たちもすぐさま解雇した。国から解雇手当がもらえると分かっていたので、全員が口答えもせずに去っていき、私たちは道すがら、次々と人を雇い入れなければならなかった。しばらくすると皇后の巡礼団はすっかり有象無象の集まり――牛をまともに操れない牛追いや、つぶした馬鈴薯《ばれいしよ》を焦がすのが精一杯の料理人ばかりになったものの、それでも私たちはひたすら前へ進んだ。

フォンの心臓が止まったのは、彼の妻がその昔翡翠《かわせみ》に姿を変えた湖を行列が渡っていたときだった。私たちは半日足を止めて、フォンに最高級の衣を着せ、手には象牙の板が入った小袋を握らせ、埋葬した。フォンは年中、私たちのために地方を行ったり来たりし、その威厳のおかげで国一番の上流階級の宴に入りこみ、その年齢のおかげで占ってほしがる若い夫人たちを怯《おび》えさせることもなく、おそらく背信を少し味見させてやっていたはずだ。私たちは涙をこぼして先へ進んだが、ふと肩越しにふり返ると、一羽の翡翠がフォンの墓標に舞い降りるのが見えた。

亀の神〈マチュラン〉の寺院では、インヨー皇后が忍耐力と同情心について語る院長に耳を傾けるふりをしている間に、マイが墓場で一緒に焼き豚を食べようと、私を強引に連れ出した。〈マチュラン〉の信者たちの墓場に立ち入りたくなかったけれど、マイはすっかり寛いでいて、私を墓石の前に座らせると自分も別の墓石の前に陣取った。

「ここなら、死者を除けば私たちだけ。何も怖がらなくていいから」とマイは言いながら、葉っぱの包みに入ったとろみのある蜂蜜だれがけの豚肉を渡してきた。私は好物の焦げた部分をかじり、墓石の間で踊る赤い蛍を眺めた。

「怖がってなんかないわ」と私は言った。「今、何が起きたって、恐怖というのは過去のものでしょ？」

マイは私の強がりを笑った。

「勇敢な兎だこと！　彼氏のことは残念だけど、あなたたち二人のおかげで、少なくとも赤ちゃんは獅子のように豪胆になるでしょうね」

マイの言葉は、金槌《かなづち》の一撃のように私を襲った。私が知らなかったという事実にマイは驚いた。かつてマイが所属していた劇団では、こんな風に驚く事態が絶対に起こらぬように、女たちは全員、月経の周期を徹底的な几帳面《きちょうめん》さで記録していた。

「でも、いいことよね？　彼氏が戻ってきたときには驚かせてあげられるし、戻ってこなかったとしても慰めになるじゃないの」

私は闇雲に、猛然と殴りかかった。マイは次第に弱まっていく打撃をそのまま受けつづけ、やがて私の脇の下に肩を入れて、野営地の寝床に戻るのを手伝ってくれた。

「その怒りは取っておきなさい」マイはため息交じりに言った。「怒れる母親が育てた娘は、狼と戦えるほど獰猛《どうもう》になるのよ」

その夜、腕の中に忍びこんできた私を、インヨー皇后は驚きつつも毛布のように包みこんでくれた。

「皇后陛下の世界には、私たち全員の居場所があるのでしょうか？」と、私はなおも周囲に眠らぬ耳がありはしないかと警戒しながら、あの方に囁いた。

頭のてっぺんに励ますような接吻をされて、私は秘密を打ち明けた。インヨー皇后は穏やかに耳を傾け、私が泣き出すと涙を拭ってくれた。その後、皇后は私をもっと強く、もっと守るように抱きしめてくれたが、それでも翌日さらに話しかけてきてくれなかったら、こんなときでさえあの方の心は来たるべき事態へすでに跳躍しているのだと思ったかもしれない。翌日、輿に乗って進んでいるとき、インヨー皇后は牛の背中に乗っているマイに命じて陽気な曲を弾かせた。そして、声がかき消されていることを確認すると、私のほうを向いた。

「それで、お前は子どもに何を望む？　そもそも子どもが欲しいのか？」

分からなかった。前夜に私はマイに勇ましいことを言ってのけたが、内心は恐怖に押しつぶされそうだった。皇后は私のたどたどしい返事に聞き入り、それから私の手を取ると、まっすぐに自分の目を覗きこませた。

「私はお前から何もかも奪ってきた。残念ながら、それが君主の本質だ。私たちはそのために生まれ、そう教えこまれるのだ。しかし、今後はお前がいいと言わない限り、奪ったりしない。お前に理解できるか？」

私は理解した。私たちはそのまま先へ進んだ。マイは道中、巡礼の前進が止まるたびに鳩を放ち、私が疲れたり吐き気を催したりすると音楽を奏で、夜になればこっそりと忍び出て、一行が通過した町からご馳走《ちそう》を持って帰ってきてくれた。

実は、マイはまだ生きている。つい先日、私は祭りの雑踏の中にいるマイを見かけた。完全にあの頃の姿のままで、私に片目をつぶってみせた。その目は本物で、もう片方の目はまぶたに描かれたもので、そうしてすぐにマイは雑踏の中に消えていった。もしかしたらマイはやはり牝狐《めぎつね》で、最も不安定な時期の帝国に取り憑いていたのかもしれない。あるいは単にマイに娘がいたというだけの話かもしれないけれど。

左大臣は、用が済んだらスカイを送り届けてほしいというインヨー皇后の言葉を覚えていた。もう少しで〈栄える富〉に帰り着くというあたりで、最後の参拝を〈ライ兄弟神〉の寺院でするると、直後に使者が現れた。その顔に表情はなく、蠟で封をした大きな蓋付きの革製手桶を携えていた。

マイが私を引きずるようにしてその場から離れると、インヨー皇后は封を開けて、中を覗いた。そして、使者を罵倒して追い払ったあと、マイと一緒になって私の隣に腰を下ろした。

私は自分がひどく年老いたように感じた。二十歳足らずで、これからあれやこれやが起きるというのに、人生がどれだけ長いのか見当もつかなかった。一方に皇后、もう一方に赤毛の女優に寄り添われて、肩を、髪を、顔を撫でられ、二人の体を近くに感じていた。

三人で川を見下ろす土手に座っていると、〈ライ兄弟神〉の鐘の音が日暮れを告げて、私はひんやりした風が髪を乱すのを感じた。見上げると、木の葉が端から茶色くなり、私が見ている間も少し枯れつつあるのだった。

＊＊＊

「それで、聖職者さん」
「はい、おばあさん」
「ここで知ったことをどうするつもり？　この話の結末は分かっているはずだよ。もし分からないようなら、シンギングヒルズの聖職者の養成方法をあまり信用できなくなるねえ」

　これに答えたのは、オールモスト・ブリリアントだった。足下を舐《な》める波で羽を濡らしながら、うつろな音色で二、三度さえずってから言った。

「シンギングヒルズの記録において、このような情報は初めてだとお思いですか？とんでもない。我らが記録保管所にある情報で、世界中のあらゆる君主制が倒せます」

　チーはもっと落ち着いた声で言った。

「一番の疑問は、どうしてこのことを私たちに話したかということでしょう。おばあさんはインヨー様を愛していたはず」

「心の底からね。それ以上に愛したときもあれば、そうでないときもあったけど、間違いなく、愛していたよ」

「この情報はインヨー様の名声を取り返しがつかないほど傷つけ、あの方が生涯をかけて取り組んだすべてを台無しにするかもしれません。それに、おばあさんにとっても、この話をするのはつらいはず。それなのに、なぜ？」

「インヨー様はもういない。フォンも、私の両親も、スカイもね。私の忠誠心は死者に向けられている。そして、聖職者たちが何と言おうとも、死者はたいていのことを気にしないものだ」

「それでは、今度の女帝については？　あの方は今このときも、最初の龍《ドラゴン》会議の準備をしておられるはずでは？」

ラビットはほほ笑んだ。「怒れる母親が娘を育てると、狼と戦えるほど獰猛な気性になるのよ。私はちっとも心配していないわ」

# 11

月の兎の絵。絹布、絵の具、木材。背景は藍色で、銀色の月の中で兎が一羽、体を丸めている。

子狐たちを置いていく母狐の絵。絹布、絵の具、木材。昔話のように狐の尻尾が生えた女が一人、今生の別れと覚悟し、子どもたちを思って泣いている。

官服が一着入っている吊り下げ用の箱。絹布、絹紐、金属糸、木材。官服の色は赤と金で、片側に大きな麒麟の刺繡。丁寧に畳まれて、箱の中に保管してある。箱は簡素で、片端に絹紐の輪が結び付けられていて、吊るしたり持ち運んだりできるようになっている。

チーは官服を見つめてから、隣で何かを期待するように座っているラビットのほうを向いた。

「この官服については前に話していましたね。左大臣が着ていたもののはず」

「そうよ。インヨー様はアン帝国の臣民と同様、征服者の血を引く民族の出だもの。

私たちは皆、戦利品の獲得を良しとするわ」

「その後のことを教えてください、おばあさん」

「もちろんよ」

＊＊＊

間もなく〈栄える富〉に着こうという頃になると、冷たい空気中に吐く息が見えるようになっていた。葉はすでに木から落ち、太陽は恥ずかしがって、雲の衣の向こうからなかなか出てこなかった。

マイも私もそれまで冬を経験したことがなく、恐ろしくもあり、心が浮き立ちもした。空気がいまだかつてないほど冷たく、鋭くなると同時に、世界が私たちの周りで死につつあるように感じられた。

冷え切った世界に一歩踏みこむごとに、インヨー皇后の髪はより黒く、目はより明るくなった。朝起きると、あの方は半ば酔うほどに胸いっぱいに冷たい空気を吸った。あの方が北の方角を見ると、その目は凶暴なまでにまぶしい光を放った。

ある朝、宿から出ると、地面に雪が薄く積もり、その上になおも雪が降っていた。

ほぼ六十年ぶりのアン帝国での降雪で、周囲の人々が恐怖のあまりひそひそ声で話していると、インヨー皇后は笑い出した。

一行が〈栄える富〉に帰還すると、左大臣が護衛の兵をすべて引き連れて待ち構えているのが見えた。私たちが到着したのは夕暮れ時で、斜陽の光が左大臣の青白い顔に血の色を差していた。インヨー皇后が見せてくれなかったあの封じられた革の手桶の中身のことを思い、私は具合が悪くなりそうだった。

取り囲めと左大臣が命じる間も、インヨー皇后は輿の上からじっとその様子を見つめていた。あの方は落ち着いていた。その場で一番落ち着き払っていた。

「どうしたことだ、左大臣？」

「国境地帯で事件が起き、御身の安全のために都へ至急戻っていただかねばならないとの知らせを受けました、皇后陛下。私とこちらの護衛部隊が随行いたします」

インヨー皇后は大げさなほど好奇心を露わにし、周囲を見回した。

「その事件とは如何《いか》なるものだ、左大臣？」

「とぼけるのはおやめください、皇后陛下。よくご承知でしょう。さあ、ご同行願います」

ここに至ってもなお左大臣は事態を掌握しているつもりでいるようだった。北の古代象部隊《マンモス》がコーアナムの浅瀬を渡ったというのに、リアン峠を通る古代象たちの後ろには軍隊がついてきているというのに、寝返ろうとしなかった貴族たちは刺客に殺されたというのに、それでもなお左大臣はアン帝国がこれまで通り安泰だと信じている。なにしろ、北の民にとっての最愛の娘という切り札はこちらにあるのだから、いくらやつらが血気盛んとはいえ、娘が〈煌めく光の宮殿〉の壁から吊るされるのを見たくないだろう、というわけだ。

左大臣の護衛たちは距離を詰め、槍を構え、ざわつく行列には目も向けなかった。そもそも兵士にとって牛追いや料理人や荷運び人などその程度の存在なのだ。

言うまでもなく、私たちの旅の道連れはもはや、牛追いや料理人や荷運び人ではなかった。インヨー皇后は巡礼団を、南下して合流してきた自分の兵士と入れ替えていた。そして、今や、囲まれているのは左大臣と手下たちのほうだった。

左大臣側の兵士たちが武器を投げ捨てると、インヨー皇后は小首を傾げた。

「実を言えば、すぐにでも都に行くつもりだ。しかし、お前を連れて行くつもりはない」

もしも私の心の中に左大臣への激しい憎悪以外のものを受け入れる余地があったならば、あの男の落ち着きぶりに感銘を受けたかもしれない。左大臣は配下の者たちが降伏し、身を引くのを眺め、今後のアン帝国の行く末にかかわらず、おのれの命運は尽きたと悟ったのに違いない。一瞬体をぐらつかせたあと、左大臣は背筋を伸ばして立った。

「倒した敵に対して名誉ある死を許してくださるお方だと、信じております」

皇后は左大臣から目を離さず、口を開いて、私にだけ聞こえる小声で言った。

「どうなのだ、ラビット？」

私は兎のように跳び上がった。時間が糸巻きから繰り出される糸のように延びた気がした。それはインヨー様から私への贈り物だった。精一杯の贈り物。スカイの命を守ることはできなかったが、少なくとも左大臣の命をくれたのだ。

インヨー皇后はじっと動かず、兵士や牛追い、侍女、そして帝国で二番目に重要な地位にある男も待っていた。当人たちのあずかり知らぬところだが、皇后ではなく、私の決断を待っていた。

それは恐ろしい贈り物だったが、私はそこにあの方の心を見て取ることができた。北の国を離れたときに引き裂かれ、やがてアン帝国と〈深紅の湖〉によって鍛え直され、固くなった心。それがあの方の持てるすべてであり、それを私にくれようとしていた。

「自害で構いません」私はやっとのことで言った。「とにかくこの人が死にさえすれば、それでいいんです」

これは農民のほうが貴族よりも理解できることだろう。貴族にとっては死に方が大事だ。十数人の衛兵に串刺しにされるか、絹の袋に入れられて溺死させられるか、はたまた衣を脱いで湖の岸辺まで歩いていき、そこで腹を切ることが許されるのか。農民はといえば、死はあくまでも死だと理解している。

私は左大臣が死ぬところを見たくなかった。私が〈栄える富〉に入っている間に、インヨー皇后とマイが左大臣の最期を見届けて、衛兵たちが後始末をした。〈栄える富〉はすでに見た目も、雰囲気も違っていた。ここでの私たちの日々には終わりが近づいていた。

その後はやることも山積みで、インヨー皇后は毎晩、四時間以上眠ることはなかったと思う。インヨー皇后はそれまでの四年間に占ってきた運勢が実現しはじめる中、乾いた熾烈《しれつ》な熱量で仕事に没頭した。様々な知らせを受け取り、敵対する反徒と戦い、一度ならず暗殺未遂を潜り抜けた。

しかし、ある夜、南の教団の尼僧が二人やって来たとき、皇后は私をそばへ呼んだ。

「スカイは家族について一切話をしなかったわけだし、もうあの者を見送ってやるべき時期だ。一緒に来るか？」

　もちろん、私はそのつもりだった。屋敷の北側に小さな墓場がもともとあった。かつて、年老いた侍女がそこに埋葬され、最近、刺客二人も加わっていた。北の出身で体格が良くて寡黙な男が、深くて狭い墓穴を掘り、尼僧たちが次の世界へスカイを導くための経典を詠唱する間、私たちは穴の底へ亡骸《なきがら》を下ろした。

　私が乾いた目で見守る中、穴は埋められ、獣除《よ》けの石がその上に置かれた。字が書けないマイは、鳥のスカイの絵を石に刻んで、墓石をこしらえてくれた。ある意味、スカイにふさわしかった。もしその気があれば、見に行くといい。

〈栄える富〉に戻って四週間後、陣痛が始まった。それは夕暮れ時で、インヨー皇后は私室への自分とマイ以外の出入りを禁じた。痛みが強いときに引っ張れるよう、梁に縄を引っかけてくれた。明け方になって意識が朦朧《もうろう》として、半ば無意識の状態になった私は、女の子を産んだ。

「本当にいいのか？」とインヨー皇后は尋ね、私はうなずいた。

　インヨー皇后とマイは私と赤ん坊の体をきれいに洗い、私が眠っている間に皇后は赤ん坊を外に連れ出し、世間に知らしめた。奇跡から生まれたインヨー皇后の娘として。

数多の本にこの話は書かれている。夢の中でアン帝国皇帝がインヨー皇后のもとを訪れ、腹の中に種を押しこんだという話だ。こういう逸話《いつわ》にアン帝国の民衆は目がない。支配者の絶大なる精力、眠っていても死んでいても関係を持とうとする姿など、歴史書にはその手の話ばかりだと言っても過言ではない。

インヨー皇后は小さな王女を胸に抱き、北の古代象軍《マンモス》を背後に従え、都に戻った。その後に起きたことは記録にある通りだ。インヨー皇后は流血を最小限に抑えて都を奪い、サン帝はみずから命を絶ったか、あるいは王朝が辱められるところを見たくない貴族の手で殺されたのかもしれない。皇太子はこっそりと連れ去られ、〈流浪の皇子〉となり、数年後に自身の世話係たちに殺された。インヨー皇后はできる限り公平に物事を処理し、やむを得ないときは冷酷になり、歴史家たちがスー王朝の最後と呼ぶ三五九年の日食の翌日、アン帝国の支配者として、北の国の妹として、〈塩と運命の女帝〉として戴冠した。

北は南を呑みこみ、それから六十年後の今、ここに私たちがいるわけだ。

物語はこれでおしまい。あなたに理解できる？

「理解できたと思います、国母陛下」

チーはゆっくりとラビットの前にひざまずき、額を埃だらけの床に押し付けた。

「まあ、今すぐやめてちょうだい」とラビットは言った。「きちんと理解しているなら、どうしてそれをしちゃいけないか分かるはず」

チーは座り直し、うなずいた。

「きちんと理解したと示したかったのです。〈小麦と洪水の女帝〉の母君としての名誉があり、〈塩と運命の女帝〉の友人としての名誉があるあなたに」

「記録をよくご覧なさい、聖職者さん。名誉は厄介事をもたらす光。影のほうがはるかに安全よ」

＊＊＊

その夜、チーは使用人の服を着た娘が〈栄える富〉の薄暗い廊下を歩いていく夢を見た。娘は歩きながら、すでに片付いている屋敷の中を整頓し、あちらで壺《つぼ》を置き直しては、こちらで蛾を外に追い出していた。そして、愛情と懐古の情を抱きながら屋敷内を見回したが、外に出て、屋敷の北側に回りこむときには足早になった。

そこでは、若い男がいらついた素振りで足踏みしながら、山積みになった石の山にもたれて娘を待っていた。ひょろ長い手足をした背の高い男で、美男子ではないが、味のある顔をしている。

「おい、やっとお出ましか、ラビット。兎ってのはもっと素早いもんだと思ってたけど、どんだけ遅いんだ、お前は」

「ふんっ、俺のためならもっと急ぐべきだって言いたいの？　うぬぼれないで。私は都で愉快に過ごしてたんだから」

チーの夢の中、月は沈み、夜空には死者が越えていく星の道が明るく残されていた。二人はしばらく夜空を見上げ、やがて笑い出し、世界の不思議さを思って首を横に振った。痛みはとっくに過去のものになっている。

「さあ、行こうか？」と若い男は尋ね、ラビットは肩をすくめた。

「聖職者さんが屋敷を出るときにきちんと戸締まりしてくれるといいんだけど。でも、些細なことね。行きましょう」

二人は歩き出し、次第に上昇していった。チーは湖面に張り出す露台から、二人が水平線のすぐ上で輝く二つの星へと徐々に姿を変えるのを目撃した。

## 12

翌日、チーは目覚めると、隣の寝台におむすびを三個見つけた。食べながら屋敷の中を歩き回ったが、予想していた通り、ラビットの姿は寝室にも、露台にも、北の小さな墓場にも、どこにもなかった。

チーは午前中に敷地内をぐるりと巡り、筆と紙で記録できなかったものをオールモスト・ブリリアントの記憶に刻みつけてもらい、最後には夢で指示された通りに、屋敷の扉と雨戸をすべてしっかりと閉めてから、街道に向かって歩き出した。

歩いていると、オールモスト・ブリリアントが飛んできて、チーの肩にとまり、ひとしきり親しげに耳たぶをつついてから口を開いた。

「さて、ひとまず片付いた。きっと経歴に箔《はく》が付いたよ」

「そうかも」

「嬉しそうじゃないね」

「野心というのがどんな心持ちかは分かる。でも、今の気持ちは違う。両肩に重しを担いでいるような、心臓に岩を載っけられているような感じ」

オールモスト・ブリリアントは無頓着に、甲高くさえずった。

「なら、それは責任感だよ。院長はきっとお喜びになる、聖職者チー」

チーは首を横に振った。東へ、都へと歩いていく。あと九日で、新しい女帝が最初の龍《ドラゴン》会議を招集することになっている。列席者たちを前にして、アン帝国の帝位継承権を主張するのだ。きっと群衆の中から見ても、新しい女帝の顔には渡り鳥と兎、そして北から来た女帝の面影があり、狼と戦えるほどの獰猛さがあるだろう。

# 虎が山から下りるとき

# 登場人物

チー……………………シンギングヒルズ大寺院の聖職者

ハジュン………………古代象《マンモス》偵察隊の隊員

スーウィ………………古代象偵察隊の隊員。ハジュンの姪

バオソー………………古代象偵察隊の元隊員

ホー・ティー・タオ……大昔にいた伝説の雌虎

デュー…………………幼くして天涯孤独になった女学生

シン・ローン…………虎の三姉妹の長女

シン・ホア……………虎の三姉妹の次女

シン・カム……………虎の三姉妹の三女

メレディ・マリー・シップへ

# 1

その酒場は蠟引《ろうび》きした帆布の天幕にすぎず、山の急斜面から吹き下ろす風のせいで南側に傾いていた。仮ごしらえの酒場を切り盛りする女は、唇の上に先細の翼のように整った、細くて薄い口髭《くちひげ》を生やしている。チーは古代象《マンモス》偵察隊の隊員たちが店の外で議論している間に、女の家族の歴史を書き留めた。

「もしや、バオリンにいるドン家と縁続きではありませんか？」とチーは訊《き》いた。「ドン家は飢饉《ききん》のときに子どもたちを西へ送りましたし、今聞かせていただいたのと同じ、東の一族のカン公の追跡の話がドン家にも伝わっています」

ドン・チンという名の女は眉を寄せ、首を振り、それから肩をすくめた。

「そうかも」と女は言った。「でも、きっと父方の一族ね。ほとんどが〈歩く犬の呪い〉にかけられてしまったんだけど」

「待ってください。それって――」

チーの問いかけも終わらず、チンの答えもまだのうちに、入口の垂れ幕がめくられて、偵察隊の二人が戻ってきた。年かさのほうはハジュンという名の男で、北の人間にしては背が高く痩せていて、顔には常に皺《しわ》が刻まれ、渋面を作っている。若いほうはスーウィという名の女で、背が低く、長方形と言っていい体つきだ。顔は海辺の小石のように滑らかで、小さな黒い瞳は磨いた真鍮《しんちゅう》の鏡のように輝いている。二人とも羊革の長外套《がいとう》に、毛皮の長靴、絹の裏地がついただぶだぶの革製の短袴《たんこ》という、この地方では事実上の制服となっている出《い》で立ちだ。地元民との違いは、古代象《マンモス》の赤褐色の毛を編んで輪にしたものを外套の両肩に縫い付けてある点しかない。

「仕方ない」と年かさのハジュンが言う。「不本意ではあるが、たいていの南のやつらと違って、賢明にもまともな服装で来た聖職者様のためだ。峠まで姪《めい》に案内させることにしよう」

「曼陀羅華《まんだらげ》の種をくれるって言うんなら、拒まないよ」とスーウィが茶目っ気たっぷりに言うと、チーは小さな黒い種がぎっしりと入った紙包みをそつなく差し出した。幻覚作用がある曼陀羅華の種は、南では大麻《ハシシ》と同じぐらいありふれているが、万年雪があるこの地域ではかなり希少だ。

ハジュンが種を受け取り、懐に滑りこませてからスーウィに向かってうなずいた。

「よし。明日までに戻ってくること。番小屋付近でぶらつくのもなし。いいか？　早急に巡回路まで戻らなきゃならない。大きい嵐が近づいてるとなると尚更だ」

スーウィは去ってゆく叔父の背中に向かって顔をしかめてみせてから、自分の槍《やり》を手に取り、チーに向き直った。

「それじゃあ、聖職者さん、出かける準備はできた？」

目下のところ、チーはあまり聖職者らしい見た目ではない。藍色の衣はきつく丸めて、たった一つの荷物である鞄《かばん》の底に入れてある。毛織物の裏地がついた頭巾の下の、いつもなら丸刈りの頭には黒い剛毛が短く生えている。シンギングヒルズ大寺院はよそと比べると、服装や聖職剝奪についてはるかに鷹揚《おうよう》だが、それでもチーは帰途につく前に理髪店に寄らねばならないだろう。

「準備は万全です。すぐに出発するのですか？」

「準備できてるなら、今すぐに。運が良ければ、暗くなる前に番小屋までたどり着けるから」

チーはスーウィのあとに続き、乾燥して研ぎ澄まされた冷気の中に出ると、思わず少し身震いした。風は骨身に染み、奇妙なことに痛みと眠気を感じさせたので、チーは外套の中でさらに身を縮めた。

「記憶する鳥も連れているはずじゃないの？」とスーウィは尋ねながら、今にも崩れそうな小さな町に走る、唯一の道を先導していく。国境沿いには、五年前に金脈が見つかったときに湧き出るようにできた、同じような貧しい町が点在している。金は三年のうちに掘り尽くされ、今となっては地域一体に何やら禍々《まがまが》しい雰囲気が漂うばかりだ。

「ああ、相棒《ネイシン》のことですね。オールモスト・ブリリアントという名です」とチーは言い、ため息をついた。「今は抱卵の最中なのです。どのみち、あの子にこの寒さはとても耐えられなかったでしょう」

チーは心の中で素早く〈千手神〉にオールモスト・ブリリアントの健康と安全を祈った。今回の旅では相棒の神業的な記憶力がないことが返す返すも残念だが、それだけではない。オールモスト・ブリリアントの毒舌と的確な忠告なしで世界に出ていくことは、極めて居心地悪く思えた。

「雛《ひな》が大きくなったとき、オールモスト・ブリリアントがまた一緒に旅に出たいと思ってくれるといいのですが。私が最初の出発命令を受けたときから、ずっと一緒にやってきましたから」

「天の主が聖職者さんの願いを叶《かな》えてくださいますように」とスーウィは言った。

「前々から記憶を担う鳥《ネイシン》に会ってみたいと思っててね」

　二人は柵に囲まれた放牧場までやって来た。柵と言っても木造の粗末なもので、やる気のない岩を幾つか食い止めるぐらいしかできないように見える。その細い横木の向こうには――

　チーはかつて遠くからならその姿を目にしたことがあった。北の国々の長大かつ有名な歴史書がすでにある以上、今更、シンギングヒルズのためにこの動物の記録を取る必要はさしてないのだが、それでももちろん、チーは書き留めるつもりでいる。

　凍った放牧場にいる古代象《マンモス》たちは小型種であり、王室所有の種よりも小さく、脚も細く、鼻も短い。とある繁殖業者がこの群れの大部分を所有していて、その人物が東の前哨《ぜんしょう》基地の一つに連れて行く途中なのだという。赤褐色の古代象がほとんどで、中には脚が一本だけ白い古代象もいれば、額の上の冠毛に白い斑点がある古代象もいる。

　チーの目には、古代象たちが柵を小馬鹿にしているように見えた。その気になれば、一番小さい古代象でさえ横木を叩《たた》き落とせるだろう。それでも、古代象たちは自制して行儀の良さを見せつけることに決めているようで、立ったまま居眠りしたり、時には覆い付きの餌入れから飼い葉を口に運んだりしている。

五十年以上前にアン帝国の軍を打ち負かしたのは、彼らより一・五倍ほど大きく、深い赤錆色《あかさび》の王家の古代象《マンモス》たちだが、それ以外のことを片付けたのは小型種たちだ。小さな耳を立てて雪深い戦場を突進し、猛然と咆哮《ほうこう》したのだ。

「こ、こんなので感心しないで」とスーウィは馬鹿にしたように言った。「ピルークを見てからにして」

スーウィが二回口笛を吹くと、他よりも少し小柄な古代象がやけに偉そうな態度で群れをかき分け、両手を広げて待っているスーウィのもとまで歩いてきた。チーの見たところ、ピルークは他の古代象よりも色が濃く、白い斑点はなく、長い毛は先に向かうほど黒くなっている。

「これが私の大事な子。偉大なるホーシューの姉妹の血筋よ」とスーウィが言うと、ピルークの器用な鼻が重々しく下りてきて、いかにもと言うかのようにスーウィの肩を親しげに抱いた。

「道々、詳しく教えてください」とチーはにっこり笑いながら言った。「美しい子ですね」

「チッチッ、他の子たちがいる前で褒めないで。あの子らが嫉妬して、自分たちも褒めてもらえるまで何もしなくなるのよ。古代象を褒めるのは、その子と一対一になって、他の誰も聞いていないときだけ」

「そのことは記録帳に書き入れましょう。シンギングヒルズに帰り着いたら、保管されている巻物の中に二度にわたって書き写されます。私への発言にはしっかりと用心してください。さもないと、嘘《うそ》つきとして歴史に残ることになりますので」とチーは愉快そうに言った。

「あら、誰が嘘なんてつくの？　さあ、こっちへ。古代象の乗り方を見せてあげるから、もっと素敵に書き残してくれなきゃ」

スーウィがピルークの脇腹をあまりに素早く登ったので、チーは最初、ピルークの長い毛を摑《つか》んでよじ登ったのだと思った。しかし、近づいてよく見てみると、ピルークの首の後ろのほうにある鞍《くら》から革製の輪が、一つは長く、もう一つは短く垂れ下がっているのが分かった。

「片手を短いほうの輪に、片足を長いほうの輪に入れて。そう、その調子。それで押されるのを待つの」

「ちょっと待ってください。押されるというのは……？」

ピルークが後ろから蹴りあげてきた。これほど大きな動物にしてはやんわりとした蹴りだったが、突然に体が押し上げられたために、チーは叫び声をあげた。ピルークの密生した毛に顔から突っ込むところだったが、スーウィが手を伸ばしてチーの両肩を摑み、引き上げてくれた。

「どれだけ力持ちなんです？」とチーが驚いて尋ねると、スーウィは声をあげて笑った。

「それはもう！　筋肉を見せてあげたいところだけど、外套越しに見えるものじゃないしね。ほら、私みたいに座って……」

鞍の前部からは骨を彫ってこしらえた角状のものが突き出ていて、スーウィは曲げた片膝をそこに引っかけ、もう片方の脚を反対側に垂らしている。彼女の背後にもう一つ、短めの足掛けがあったので、チーはぎこちなくスーウィの体勢を真似た。

「反対側に脚を垂らして。この子を傾かせたくないから」

大きな鞍はピルークの背中に広がり、やけに細い首からは離れている。またがって座るのは不可能なので、北の騎兵は全員が横向きで鞍に乗るのだ。チーは座り方を調整した。スーウィは先端が鋼になっている長槍を操り、ピルークを町のはずれのほうへ急《せ》き立てた。

掘っ立て小屋の間を抜けながら、チーは小屋よりもだいぶ高いところにいることに仰天した。王家の古代象《マンモス》に乗ったときほどの高さはないはずだが、小屋の最上部がチーの膝の位置に並ぶ程度なので、ふわふわした目眩《めまい》のような感覚が胃の奥に感じられた。

「気持ち悪くなったら、地面に向けて吐いてね」スーウィはふり返りもせずに言った。

「さもないと、今夜、ピルークの毛を梳《と》かす担当よ」

「吐いたりしませんが、古代象の毛の梳かし方は教えていただきたいですね」とチーは言い返した。「これぐらいは平気です」

町を出て、峠に向かう道を上りはじめる頃、早くもチーは太腿《ふともも》と腰に焼けるような痛みを感じていた。スーウィは家で座布団に座っているかのように寛《くつろ》いでいるが、チーの筋肉は長距離の歩行と、率直に言えば、牛車の後ろに乗せてもらうほうに慣れているのだ。

まあ、からかってくるオールモスト・ブリリアントがいないだけましか。

キヒール峠は急勾配ながら道幅が広く、密生した針葉樹に縁取られている。林での亡霊の出没について、チーはほとんど心配していないが、山賊となると少し厄介だ。これまでチーは聖職者としての務めで大勢の山賊から話を聞いてきたが、最近は少し不景気なので山賊の出る地域には立ち入らないようにしていた。とはいえ、亡霊や山賊としても、古代象に乗った二人にはちょっかいを出さないだろう。これがチーにとっては初めての古代象《マンモス》乗りなのだ。せっかくの機会に古代象に乗らないなら、シンギングヒルズの聖職者であることに何の意味があるものか。

目新しさはなくなっても、驚嘆の念は消えず、チーは強くなってきた膝と腰の痛みを無視して、周囲の世界を見下ろした。ピルークの着けている鉄製の鈴の音に耳を傾け、スーウィの背後で身を縮め、風の中を前進する。

正午頃、すなわち薄い灰色の光からチーが正午だろうと推測した頃に、スーウィは休憩のために、荒れた松からなる鬱蒼《うっそう》とした林の陰でピルークを止まらせた。チーはやっと地面に立てると胸を撫《な》で下ろしたが、やがてスーウィが古代象の脇腹を軽快に滑り降り、ふんっと鼻息一つで着地するのを目の当たりにして、落胆した。

「私もそうやって降りなきゃ駄目ですか？」とチーが声を張りあげると、スーウィはにやりと笑った。

「食事と用足しをしたいならね」

欲求に負けたチーは深く息を吸い、両足を浮かせ、みずからの体を前に押し出し、ピルークの脇腹を滑り降りた。両膝を曲げて着地したものの、それでも待ち構えていたスーウィの腕の中に前のめりになって飛びこんでしまった。

「そうそう、上出来！」とスーウィは快活に言い、チーは不平をこぼした。

「好きなだけ子ども扱いしてくれて構いませんが、手を放さないでください」

願い通りに、スーウィが木陰の人目につかない場所まで引っ張っていってくれた。チーの脚は幸いにもしっかりしていたので、一人で用を足せた。元いたところへ戻ってみると、スーウィは蠟引きされた防水布の上で柔軟体操をし、ほぼ完璧な百八十度開脚をしていた。

「私もそれをやったほうがいいでしょうか？」

「楽になるわよ」

チーはなんとか倒れずに防水布に腰を下ろすことができたが、鞍の足掛けに引っかけていた膝を鋭い痛みが貫き、その痛みは体の芯まで達した。チーはスーウィほど柔軟な体ではないものの、そこそこ健闘していると思っていた。とはいえ、それもスーウィ隊員が開脚の姿勢のままでほぼ真後ろを向き、鞄を前に持ってくるまでのことだ。チーはため息をついて防水布にぐったりと寝そべり、スーウィが差し出した小さな羊皮紙の包みを受け取った。

「そこまで柔らかくなるのに、どれぐらいかかりましたか？」包みの中の、叩いた乾燥馴鹿《トナカイ》肉をちびちびかじりながらチーは尋ねた。

「子どもの頃の柔らかさを維持してるだけよ。メイアンの日から、私の一族は偵察隊にずっといるの」

「それはシュン王朝の時代のことですね？」

スーウィは肩をすくめた。

「私たちはあんまり、アン帝国の王朝なんかを意識して時代を区切らないんだけど」とスーウィは嘯《うそぶ》いた。「おおよそ二百年前よ」

もちろん、かつては北でもアン帝国の方式で年数を示していたのだが、ちょうど六十年前に南の防衛力が弱まり、北の古代象《マンモス》たちが山を越え襲撃してきた。紀年法はアン帝国がそれまで北に強制していたものだったので、その後すぐに北はやり方をすっかり忘れたのだ。

チーはそういったことを口に出さなかった。その代わり、不思議そうに首を傾《かし》げた。

「随分長いこと偵察隊にいるのですね」

「すごく長いわ」スーウィは嬉《うれ》しそうに言った。

「それはつまり、興味がないということですか？　例えば……宮廷の役人とか裁判官とか学者になることに」

スーウィは鼻で笑った。

「あなたは何者？　イングルスクの密偵？　興味ないわ。ピルークもいて、あの子が産んだ最初の娘もいるのにどうしてわざわざ他の道に？」

　古代象偵察隊の名声は天下に轟《とどろ》いている。だからこそ、また他の理由も相まって、一族の中に三代にわたって隊員が一人もいない状態にならない限り、いかなる国家試験を受けることも、地方官以上の役職に就くことも禁じられている。北の国々の歴史において古代象による暗殺はかなり有名で、誰もが繰り返してはならない歴史と受け止めているという事情ゆえだ。

　やがて、スーウィはうんざりするほど易々と立ち上がり、チーに手を差し伸べてきた。歩いてピルークのそばまで戻りながら、スーウィはちらりとチーをふり返った。

「そういえば、菜食主義者ってわけじゃないのね？　南の聖職者はみんな……」

「いえ、シンギングヒルズはその点あまり厳しくないのです」とチーは曖昧に言った。

「それに、施しはいかなる場所でもありがたくいただくことになっています。真心のこもった施しを断るほうが、一時的に規律違反するよりも、はるかに問題です。私はそう教わりました」

「なんなら、味付きの乾燥藻を持ってるから――」

「肉は好物です。それに、見咎《みとが》める者がいるのははるか彼方ですから」とチーが言い切ると、スーウィはにやりと笑った。

「覚えておくわ」

鞍の輪に手をかけたチーは呻《うめ》き声をあげたが、スーウィにくすっと一回笑われただけでどうにか鞍に戻れたので、成功だと思うことにした。

風が羊革の外套の高い襟を越えて、チーの顔周りの素肌に突き刺さる。体力を奪う寒さだ。太陽が松林の梢《こずえ》の向こうに沈む頃には、チーは鞍の上でふらついていた。鞍に体を縛りつけてはどうかとスーウィが提案してきたが、チーは首を横に振った。縛られるなんて好きではないし、地面まで落ちても大丈夫そうな高さだ。スーウィが見逃すとは思えないが。

空が暗くなるにつれて、風も強さと悪意を増し、今では衣類の縫い目すら突き抜けてくるかのようだ。束《つか》の間、チーは大草原地帯の冷気で引き起こされる幻覚のことを思い浮かべた。かの地では人は錯乱状態になると、現実にはない火から逃れようとして服を脱ぎはじめるという。チーの視界の隅で、光の短い筋が見えはじめた。火の粉のように煌《きら》めいては消えていく。

「ここには蛍がいるのですか？」

「ほたるって？」

「小さい虫です。光りながら飛び回ります」

「いないわ。赤ん坊幽霊を見たんじゃないかな。木々の間で小さな炎みたいに光ってから、上空へ飛んでいって、星に食べられるのよ」

「それは——」

「ほら、あそこ！」

　雪はほとんどやんでいたが、チーは一瞬、スーウィが何のことを言ったのか分からなかった。やがて、番小屋の傾いた屋根と、油紙が張られた窓に映る行灯《あんどん》の微《かす》かな光が見えてきた。

　乗り手の興奮を察したように、ピルークが鼻を鳴らし、道を急ぐ。

「バオソーが見張り番をしている時間のはず」とスーウィが説明した。「母の友人でね。膝が悪くなるまでは、隊員として活動していた男よ。きっと気に入るわ」

　きっとそうでしょうとチーが賛同しかけたところ、左のほうで雷のような低い轟きが始まり、やがて右からも聞こえてきた。背後で、野太くて耳障りな唸《うな》り声が響く。何かが肉体の世界と精神の世界の間の膜を、引き伸ばし、きりきりと音を立てて裂こうとしているかのようだ。ピルークが警戒の鳴き声を発すると、スーウィは悪態をついた。

　まるで二人が乗っている古代象《マンモス》こそが世界であり、その世界が二人の下で恐怖のあまりぴたりと動きを止めたかのようだった。

するとスーウィの槍がさっと動いて、ピルークの脇腹を力強く叩き、古代象《マンモス》が前に傾いだ。

## 2

「掴まって！　落ちても助けに戻らないから！」とスーウィが怒鳴る。チーは後ろで身を屈め、スーウィの腰に必死になって腕を回した。鞍から落とされまいと踏ん張っているせいで、両脚がつりそうだ。今更ながら、鞍に縛ってもらっていればよかったと後悔した。

一体、あそこに何が――

「虎」とスーウィは繰り返し言った。「虎、虎、虎……」

一頭ではない、とチーは気付いた。くすんだ橙《だいだい》色の筋が片側に見え、やがてもう一方にも見えた。

虎は群れで行動する動物ではない。複数で狩りをするはずがないのに。そこでチーは考えこんだ。やがて、ピルークは番小屋に続く最後の上り坂まで来た。

「納屋があるから、そこに入ればバオソーが……」

チーは番小屋の向こうに納屋の傾斜した屋根を見たが、一瞬ののちに、その間に広がる空き地に人影が一つ、いや、二つあることを見て取った。

仰向けに倒れていて、羊革の外套の頭巾で顔が隠れ、体勢を立て直そうとしていたかのように両腕を大きく広げている男は、バオソーだろう。その傍らにがっちりとした体躯《たいく》の裸の女が身を屈め、猛烈な寒さを気にもせず、自分のものだと主張するかのようにさりげなくバオソーの腹に片腕を載せている。バオソーの手がぴくりと動くと、女はまるでその手を握りたがっているかのように自分の手を伸ばした。

チーは恐怖に固まっていたが、スーウィはやっとのことでピルークを再度強く叩き、甲高い声をあげながら突進していった。古代象《マンモス》の走りは鈍重だが、さながら山が動き出したかのようだ。山がこちらに向かってくるとしたら、それがどんなに遅くとも恐ろしいことに変わりはない。裸の女もそう思ったのだろう。女は二回跳ねて逃げ出し、暗がりに溶けこんだ。

スーウィが古代象の背から真っ逆さまに飛び降りたので、チーは彼女が地面に脳天を打ちつけると思って叫んだが、すぐに一つだけ見える靴底に目が留まった。鞍の横にスーウィが逆さまにぶら下がっているのだ。鞍から垂れた革の輪の一つに片足を入れて曲げ、うまく体を吊《つ》り下げている。

ほんの一瞬の時間が長く引き延ばされる。チーは修行のおかげで、スーウィの長靴の底面がかつて緑に染められていたであろうぼんやりした色の腱《けん》で縫ってあると見抜いた。それから身を乗り出してみると、ちょうどスーウィが地面に倒れている男を摑み上げて懸命に落とすまいとしながら、ピルークへの命令を叫んでいるのが見えた。古代象が頭《こうべ》をめぐらして、勢いよくしならせた筋肉質な鼻でスーウィを打ったので、チーはひるんだ。一瞬、スーウィが抱えた男もろとも吹っ飛ばされたように見えたが、すぐにチーはその一撃がスーウィを鞍の上へ戻し、身じろぎ一つしない男の引き上げを手助けしたものだと理解した。

「摑んで！」とスーウィは叫んだ。「聖職者さん、手を貸して！」

これでチーは茫然《ぼうぜん》とした状態から抜け出せた。男の引き上げに手を貸し、驚くほど軽く、人間というより羊革の外套を着た小枝の束のような体を古代象の背に引きずり上げた。どういうわけか、結局、男はチーの膝の上にうつ伏せに寝かされた。意識があったなら、鞍の足掛けが腹にめりこんで痛かったかもしれないが、男は意識をなくしていた。そうしてスーウィはピルークを納屋へと走らせ、古代象は走っている間ずっと咆哮《ほうこう》をあげつづけた。

三人の下でピルークが震え、揺れている。顔を左右に大きく振りながら、薄闇に広がる唸り声の主に立ち向かおうとするピルークに、チーはたじろいだ。救出された男をずっと摑んでいるせいで指が痛いが、チーはピルークに必死でしがみついていた。

落ちるわけにはいかない。

納屋はしっかりした作りで、切り込みを入れた丸太で建てられていて、入口である一方が開いている。ピルークが余裕で入れるほど広く、乗っているチーとスーウィも少し頭を下げるだけで一緒に中に入れるほど天井が高い。納屋に到着する頃には、ピルークは全力疾走しつつ、両耳を大きく広げて、猛々《たけだけ》しく金切り声をあげていた。

チーは暗闇で爛々《らんらん》と光る丸い目を一瞬だけ視界にとらえ、すぐに納屋の中から虎が飛び出してくるのを見た。虎は錦蛇のように地面に這《は》いつくばり、ピルークの太い脚を巧みに避けていく。

「相手がピルークでも、他の古代象《マンモス》でも、あいつらは正面から襲ってこない」とスーウィが言う。「そんな危険は冒さない。あともう二人隊員がいたら、ケッピ卵並みに鉄壁なんだけど。叔父さんとニーエだけでもいてくれたら、絶対に襲ってこないのに」

短い命令を受けて、ピルークは驚くほどの速さと器用さで身を翻した。あまりに素早い旋回にピルークの鉄の鈴が鳴り、その長い毛が大きく揺れた。スーウィよりもわずかに背が高いチーは、納屋内の梁《はり》をとっさに避けられなかった。耐えがたい痛みが側頭部を襲い、やがて寒さと湿り気の感覚、できるだけ強くしがみつかなくてはというぼんやりした決意だけが残った。

　ややあって、あらゆるものが静止し、納屋の前の世界はがらんとして静かになった。五十雀《ごじゅうから》の柔和なさえずりが薄闇に奇妙なほど日常の雰囲気を添え、チーはこみあげる恐怖をぐっとこらえた。

　もちろん、これは日常だ。虎も毎晩夕食をとるのだから。

　スーウィはそのまましばらく待ち、脅威となる虎が姿を見せないとなると、うなずいた。それから先ほどの軽業を見たチーも心配するくらい大きく前屈みになると、ピルークの片方の耳を摑んで、何事か囁《ささや》きかけた。

　眼下の世界が揺れたので、チーの指は反射的にバオソーの外套をきつく握ったが、ピルークが腰を下ろしたにすぎなかった。最初に尻を下ろし、次に前脚を前に伸ばして膝を曲げ、丸い足をぺたりと地面につけた。

　スーウィが滑り降り、それに続けてチーは意識を失っている男をできるだけ慎重に膝から下ろした。チー自身はあまりに体が震えるので、数回深呼吸をしたうえでようやく、鞍の足掛けから片脚を外し、地面に降り立つことができた。鞍から降りたことでチーは安堵《あんど》の息をついたが、そのとき視界の隅に橙色の閃光《せんこう》が走り、納屋の向こうの葉むらに消えた。あと三十分もすれば、いや、おそらくもっとずっと早く、真っ暗闇になるだろう。そうなれば、こんな光景を見ることすらかなわなくなる。

「まだ近くにいます」とチーは囁くように言い、ピルークがそわそわと体を動かしている間も、その毛深い脇腹に身を寄せていた。

「今のところは大丈夫。ううん、大丈夫ってわけじゃないけど、ピルークが入口を向いている間は襲ってこない」

スーウィが冷静だったので、チーも気持ちを落ち着かせようと、年かさの男の体を挟んでスーウィの反対側にひざまずいた。

暮れかけた光の中でも、男の肌が羊皮紙のように青白く、口角も苦しげに力んでいるのが見えた。死体のためにスーウィはあれだけ大胆な突進をしたのか、とチーは束の間思ったが、やがて男の胸がわずかに上下しているのに気付いた。呼吸音は不規則で、聞いていると不安になるほどぎくしゃくしているが、それでも息をしていることに変わりはない。

「天の主よ、本当にありがとうございます」とスーウィはつぶやきながら、口の前で両手の指を組み合わせた。頭巾が後ろにずり落ち、年若な姿が見えた。若すぎると言ってもいい。

「彼はどこが悪いのですか？」とチーは押し殺した声で尋ねた。

「悪くない箇所を言ったほうがいいかも」とスーウィは言う。「頭蓋骨は割れていない。お腹だって食いちぎられていない」

スーウィは長く揺らめくように息を吐き、背筋を伸ばして、バオソーの頭巾をきちんとかぶせ直した。

「息はしている。息している限りは、大丈夫って言えるわ」

チーは少しほほ笑んだ。

「さっきの疾走はなかなかのものでしたね」

「疾走だけで済むならいいんだけど」

「それは一体――」

スーウィは納屋の開け放たれたほうを顎で示した。チーは頭《こうべ》をめぐらすと、喉元で息が詰まり、咳《せ》きこみかけた。

逃げこんだ納屋の外で、虎が三頭、待ち構えていた。そして、空からの最後の光が消えると、一番大きな虎が声をあげて笑いはじめた。

# 3

虎の笑い声を耳にするのは極めて不吉なことだという言い伝えをチーは覚えていたが、その理由までは思い出せなかった。文化的な禁忌だからか？　それとも呪いだからか？　あるいは単純に、人を殺して食らうことを虎が愉快がっているからという話か？　思い出せたらいいのにとチーは思った。体の震えを止められたらいいのにと思った。虎がこのまま立ち去ってくれたらいいのにとも思った。

どの願いも実現しなかった。ピルークが鼻息を荒くし、頭を左右に振りながら、のっそりと立ち上がった。スーウィも槍をきつく握って古代象《マンモス》の隣に立ったが、チーは隊員が震えているのに気付いた。

「ピルークの正面からは襲ってこない」とスーウィは繰り返した。「あいつらは臆病だから、ピルークが顔を向けている限り、近づいてこられない……」

「無駄口はそのへんでやめておけ」と一番大きな虎が言った。虎の喉から出てきた言葉には人間のものとはかけ離れた何かがあり、ピルークは警戒の鳴き声をあげながら地面を前足でかいた。ピルークの鼻に脚をなぎ払われそうになったチーを、スーウィが後ろに引き寄せてくれた。

「やめて！」とスーウィは叫んだ。「やめて、人みたいにしゃべるのは！」

いや、違う。この虎はある意味、人だ。ただし、この人は近づきすぎたら、こちらを平らげるかもしれないだけ。そうチーは思ったが、その思いを口に出す前に、虎がシャーと鳴いた。なおも威嚇的だが、不自然さは薄れていた。

一瞬、納屋と虎の間の空気が奇妙なほど濃密になり、煮凝《にこご》りか、あるいは濃い霧のようにどろりとした直後、一番大きな虎の代わりに女が一人立っていた。先ほど、倒れたバオソーの傍らにいるのをチーがちらりと見かけた、あの女だ。

女は中背で、豊かな黒髪を三つ編みにしてぐるぐるとまとめ、木の櫛《くし》で頭に留めている。櫛以外には何一つ身に着けていない。体は厚みがあってたくましく、高い位置に小さな乳房があって、腹は一本の太い皺で二つに分けられ、太く力強い太腿に向かってほんの少し垂れ下がっている。見栄えのする女だが、獣特有の無表情な目と、口に比して少し大きすぎる歯のせいで、威圧的な風貌になっている。人間の皮をかぶり、食事の時間を待っている虎だ。

「さあさあ」と女は言う。「その男を寄越せ。姉妹みんなで一緒に食べるのだから」

スーウィは低く呻き、チーはごくりと唾を飲んでから口を開いた。うまくいく可能性はわずかだが、それでも最悪の事態に至らずに今の状況を切り抜けられる策がこれだけであることに違いはない。

「申し訳ありませんが、女王陛下、私どもの法律でそれは許されないのです」とチーは思い切って言った。

「女王陛下？」とスーウィが横から言ったが、虎たちが理解したように耳を一瞬平らにしたのを、チーは見逃さなかった。

裸の女は顔の表情が乏しいうえ、ひげや耳で気持ちを表現できないために、うなずいて、ため息をついた。

「おやおや、お前は文明的なやつのようだ。そうなると、しかるべき扱いをしなくてはいけないのだろう」

「そうしていただければありがたく存じます、陛下」とチーが恭しく言うと、裸の女は暗闇の中へ消えていった。とはいえ、二頭の虎は魔除《よ》けの獅子《しし》像のようにこちらを見張りつづけている。

「追い払えたの？」とスーウィが切迫した調子で囁くと、チーは首を横に振った。

「いいえ。それより、いつになれば、あなたの叔父さんが捜索に来るでしょうか？」

「明日の午後遅くね」とスーウィは唇を嚙《か》みながら答えた。「明日の夜ってところかも。もしも嵐が早めに来たら……過ぎ去るまでは無理」

「分かりました。それでは、明日の午後には助けが来るという見通しで行きましょう。あのしゃべっている虎に最初に話しかけるときには、『女王陛下』と呼びかけてください。その後は『陛下』です。他の虎たちには『お嬢様』と呼びかけること。決して混同しないように……」

「どうして虎としゃべろうっていうの？」とスーウィが尋ねた。

「虎がしゃべりかけてくるからですよ」とチーは言いながら、少し発作的な笑いを噛みころした。「虎は話ができます。そして、私たちも話せる相手だと虎は認識しました。ということは、つまり、虎は私たちをそれ相応の相手として扱ってくれるということです」

「それでも、食べられてしまう可能性がまだあるでしょ」

「ええ、そうです。虎にしてみれば……食欲をそそる人というのはいますから」

スーウィが目を見開いたそのとき、女が戻ってきた。女のごわごわした黒い衣に織りこまれた深紅色の糸が、火明かりに煌めいている。アン帝国で着られている上着のように高い襟があるが、宝石をあしらった靴に届きそうなほど裾が長く、腰の位置で前後に分かれており、ゆったりした白い絹製の袴《はかま》をのぞかせている。耳には粗削りの紅玉《ルビー》が揺れていて、唇には紅が引かれている。見目麗しい女だが、風が髪に氷の結晶を置いていくこの時分に夏の装いをする女はやはり人間ではない。

しかし、この虎はある意味、人でもあり、女王でもある。このことを覚えていられれば、私たちは大丈夫かもしれない。

納屋の入口前の地面に、女は腰を下ろした。宮殿にいる女王さながらに寛いでいる。しばらくすると、二頭の虎が近寄り、女の左右に横たわった。女は手足を伸ばし、一方の虎の腹に片足を押し付け、もう一方の虎の首に腕を回す。

「私はホー・シン・ローン。こちらはシン・ホアとシン・カム。私は猪背山脈と緑山に至る辺境の女王だ。お前たちも名乗るがいい」

スーウィの民族はこの山岳地帯を猪背山脈などとは呼んでいないが、異名を扱うことはチーにとって決して初めてではない。チーが推測するに、この虎は山脈全体と、北方ではオガイの名で知られる領域の大半を我が物と主張しているのだろう。オガイ族の人々は自分たちが虎の統治下にあると知ったら仰天するだろうが、虎に税や兵役を課されているわけでもなさそうだ。

「女王陛下、私はスーウィです。ハランの娘であり、イサイ出身のクレーン家の末裔《まつえい》です。こちらはピルーク。ロトゥクの血を継ぎ、カイエンが産んだ子です」

女はうなずき、促すようにチーのほうを向いた。

「陛下、私はシンギングヒルズ大寺院の聖職者で、チーと申します。こちらに参ったのは――」

「夕食になりに来たんだろう」と女は朗らかに言う。「お前たちは三人とも夕食になるのだ。古代象《マンモス》は帰りたければ帰ってもらって構わない」

「この古代象は――」とスーウィはカッとなって口を開いたが、チーが肘で小突き、黙らせた。

「申し訳ありませんが、私どもの法ではそれは許されないのです」とチーは先ほどの言葉を繰り返した。「陛下、むしろ私がこちらに参ったのは、あなた様の物語に耳を傾け、栄光を讃《たた》えるためです」

「世辞か、聖職者よ」と女は言う。「世辞はおいしくもないし、腹の足しにもならない」

「歴史です、陛下」とチーは食いさがるように言った。「歴史が書かれ、そしてその中に女王陛下の場所ができます。私どものもとには、ホー・ドン・ヴィンやホー・ティー・タオといった虎の物語があり、そこに――」

「ホー・ティー・タオ？」

女は語気鋭く言い、両脇で虎たちが座り直した。二頭の虎の目が細められ、ひげが挑むように前方を向く。

「聖職者さん、何をやらかしたの？」とスーウィが力なく言う。いかにも捕食者らしい態度を誇示されて、チーは身を引きたくなる衝動を懸命にこらえた。

「ホー・ティー・タオの何を知っていると言うのだ？」と女が尋ねる。

「いえ、むしろ、女王陛下がご存じのことを把握するのが私の務めです」とチーは言い、ほほ笑んではいけないということを間一髪で思い出した。ほほ笑めば、歯が剝き出しになる。自分の歯など、虎の前では物の数ではないとチーは分かっていた。

「シンギングヒルズは記録文書作成と調査研究を行っております。ホー・ティー・タオの結婚について女王陛下から詳しくご説明いただければ、大変助かるかと思います」

「説明か」と女は冷笑して言う。「真実の説明ということだな」

「もちろんです」とチーは明るい声で言う。

「いや、それは駄目だ」

「それでは――」

「いや、その代わりにお前が知っていることを私たちに話すがいい」とシン・ローンが言う。

「間違っていたら教えてやる」いきなり、シン・ホアが唸るように言う。その声は落石の音のようだ。「私たちが正してやる」

「何度も間違えないほうがいいね」とシン・カムが忠告する。その声は危険な海流の音のようだ。

「何をするつもり？」とスーウィがうわずった声で言う。

「言い伝えを披露します」とチーは言いながら、ひどい愚行だと叱ってくれるオールモスト・ブリリアントがそばにいてくれたらと思った。

＊＊＊

虎たちはスーウィとチーが火を熾《おこ》すのを辛抱強く待ち、中でもシン・カムは一時的に人間に姿を変え、番小屋の裏から一抱えの薪を持ってきてくれさえした。人となったシン・カムはシン・ローンより若い。シン・カムとシン・ホアが女に従う様子からいって、どちらもシン・ローンの妹なのだろうとチーは思った。チーとスーウィとで薪を受け取るために進み出たとき、シン・カムの顔が微動だにせず、人間らしい表情に不慣れらしいこと、その体から泥と冷気と本物の毛皮の匂いが漂ってきていることにチーは気付いた。

チーが火を熾していると、ピルークが不安げに呻き声をあげ、神経質な子どものようにそわそわと足を動かした。鼻をチーに軽くぶつけてきて、納屋の入口で寛いでいる三頭の肉食動物に注意を向けさせようとしているようだった。

「分かってるよ」とチーは言った。「大丈夫だから」

「たぶんね」スーウィはつぶやくように言い、バオソーの傍らで立ち上がった。「バオソーがさっき目を覚ましたとき、一言、二言話して、水をくれって言ったわ。具合はあまり良くないけど、持ちこたえられそう。全員食べられなければの話だけど」

「いや、もっと悪いことになるかもしれない」とシン・ローンが陽気に言う。「ただ、その男の心臓はもう安定している。太陽の祭りのときの野兎《のうさぎ》のように飛び跳ねてはいない」

スーウィは顔をしかめた。チーは虎の聴覚がどれだけ優れているか思い出した。

ようやく座の真ん中で焚火《たきび》が勢いよく燃え出した。人間たちが一晩持ちこたえられたら、一緒に夜通し持ちそうなほどの立派な焚火だ。火のそばに腰を下ろすと、チーは急に寒気を感じ、スーウィが差し出した予備の毛布をありがたく受け取った。

ピルークはすでに腰を下ろし、それでも時折不安げに鳴いていたが、スーウィがバオソーを引き寄せてから隣に座ると、少し安心したようだった。

チーは炎越しに飢えた眼差《まなざ》しでこちらを見つめる三つの顔を見て、大きく息を吸い、話を始めた。

# 4

その昔、デューという名の女学生がおりました。十八年間勉学に励んだ末にようやく、アーンフィで行われる国家試験を受ける準備が整ったと家庭教師に太鼓判を押してもらえました。

当時、アーンフィは世界最大の都市であり、〈母なる海〉の岸辺から、黒い砂丘に雑種の龍が潜む乾燥地帯まで含んでいました。ひとかどの人物となるためには、人はこの都にある六つの名家のいずれかで、できることなら健全な体を持つ長男として生まれ、できることなら皮膚に一点の傷もなく、秘伝の魔法や過激な政治運動にも手を出さずに育つ必要がありました。都にいるほとんどの住民はこの程度の条件さえ満たすことができなかったので、次善の策として、四年に一度〈獰猛《どうもう》なる翡翠《ひすい》堂〉において行われる国家試験で優秀な成績を収めようとしたのです。

隔年で行われる州や県の登用試験とは異なり、国家試験は目がくらむほど複雑であり、危険なほど激しい競争でもあり、〈獰猛なる翡翠堂〉では謎めいた死が八世代にわたって起きたがために、少なくない数の亡霊が取り憑《つ》いていました。受験者は帝国全土から集まりました。国の官職を得られれば名声と富と権力が約束されている以上、たどり着いた者たちは誰一人として最高得点を取らずに帰るつもりなどありませんでした。

かつて、デューの曽祖父は国家試験の参加証を苦心して手に入れたものの、それを使う機会が来る前に殺されました。デューの祖母は国家試験を受けるはずだったのですが、高い山の峠道で犯罪人生へと舵《かじ》を切ることになりました。デューの父親は優秀な学生だったようですが、ある恐ろしい秋の夜、正室や側室と共に敵の手から逃れようとして川を渡っているときに若死にしました。

そういうわけで、最終的にデューだけが残されたのです。彼女はフエ県の小さな家に暮らし、熱心な家庭教師や心優しい侍女たちに育てられました。家の表には山査子《サンザシ》の木が一本、裏には小さな庭、そして良くも悪くも北風がずっと吹いているようでした。借家だったので、デューが実際に所有しているのはごくわずかな愛蔵の書物、米粒のように長楕円《ちょうだえん》形の顔、滅多なことでは笑わない口、そして国家試験に持っていけば参加を保証してくれる翡翠の小さな欠片が一つあるきりでした。

デューは生真面目な少女であり、フエ県の長い夜に遅くまで勉学に励む日々を幾年月も過ごしたために猫背になっていました。その猫背がなければ背は高いはずでしたし、同じように身につけてしまった目を細めて物を見る癖が出なければ、美人で通ったかもしれません。

その代わりに、デューは古典によく親しみ、作文や翻訳に秀で、国の多くの法律にも精通していました。デューが二十八歳になったとき、家庭教師はうなずき、お金をかき集め、上質な旅装束ときちんとした地図、数枚の御札《おふだ》、翡翠の欠片を入れて首から下げられるように編み紐《ひも》が付いた刺繡《ししゅう》入りの小袋を買ってくれました。

「さて、教えられることはすべて教えた」と家庭教師は、ある爽やかな秋の朝に言いました。「〈獰猛なる翡翠堂〉に入る準備が、君は誰よりも整っておる。必ずや、己がはらわたで縛られた骨の束ではなく、宮廷の役人として――」

＊＊＊

「ああ！」とシン・カムは叫び、驚きのあまり座り直した。「そうなんだ！『己がはらわたで縛られた骨の束』って、そういう言い方を私たちはするんだよ」

「虎が使う表現なのですか？」とチーは尋ねた。「てっきり、試験会場の亡霊たちが、正しい生け贄《にえ》の儀式をしなかった学生たちにした仕打ちかと思っていました……」

「いいや、私たちの言い回しだ」とシン・ローンが愉快そうに言う。「期待外れだったやつのことをそう呼ぶ。実際に私たちがそういう目に遭わせてやるからさ。さあ、話を続けておくれ」

「もちろんです」

＊＊＊

「準備ができているとは思えません」とデューは言いました。「まだ小名文集を覚えねばなりませんし、大名文集の正誤表についてもまだ道半ばです。それに、ヴィーン語の能力も――」

「もはや小名文集を使った試験問題が課されるとは思えん」と家庭教師は自信満々に言います。「それに、今どき誰がヴィーン語を話す？」

「いえ、ヴィーン語というものは……」

「それに、君の曽祖父が期待の星であったように、君も優秀であることに疑問の余地はない。君は良い家柄の出であり、粘り強い性質を持ち、古典の複雑さとそれが世間と帝国議会の架け橋となるところを愛している。それに、どのみち遺産が底を突いた以上、君への指導はこれにて終了なのだ」

デューは少なくとも最後の一言には納得し、意気消沈してうなずきました。それでも、いずこへか先に旅立つ家庭教師に、深くお辞儀をし、感謝の念を表することを忘れませんでした。

それから、デューはフエ県にある山査子の木が生えた小さな家の鍵を、せっかちな大家に渡し、生まれてこの方離れたことのない町を最後にとくと眺めてから、東へ向かう長くつらい旅に出発しました。

＊＊＊

「いやあ、デューにそんな逸話があったなんて知らなかった」とシン・カムが低く響く声で言い、シン・ローンも考え深げにうなずいた。どちらの顔にも同種の好奇心が表れている。女と虎のどちらの顔も判で押したように同じ表情になっているのは、見ていて奇妙なものだ。シン・ホアはというと、顔を大きな前足に載せて、ひたすら焚火を見ながら眠たげにまばたきをしている。

「学生時代のデューについてはもっと知られてしかるべきだ」やっと口を開いたシ

ン・ローンは、きれいに整えられた爪に目をやりながら言う。「神の恵みと美貌を授かっていても、結局のところ、デューは人間だったのだ。さあ、これから先はホー・ティー・タオの話をしてもらおうか」

シン・ローンは背筋を伸ばして座り直した。猫が尻尾でぐるりと足下を隠す仕草に似ていた。

「さあ、続けるがいい」

チーは唾を飲みこみ、ほほ笑んではいけないことを思い出し、言われた通りに続きを話した。

その頃のアン帝国は、のちの大帝国時代とは程遠い姿でした。それどころか、悲運のクー王朝の後継者だと宣言して交戦を繰り返す、十六ある諸国の一つにすぎませんでした。正統な資格を有する国もあれば、大きな軍隊を持つ国もありましたが、クー王朝の真の後継者が現れるまでには少なくともあと一世代かそこら待たねばなりませんでした。

# 5

デューが旅したのは、こうした戦地や紛争の元となっている領土の只中《ただなか》でした。おそらくインが支配する地域で朝を迎えたかと思うと、インとフーランが戦闘をしている区域をそっと潜り抜け、ヴィーンが自国の一部だと主張する川の土手で夕方のお茶を飲んだことでしょう。

デューは自分で思っていたよりも、実際には旅上手でした。少なくともまだ、腹をすかした亡霊に食べられたり、狐《きつね》の妖怪に頭蓋骨を盗まれたりしていません。上り坂を進むときでも滅多に息切れしなくなりました。そして、道すがら巫女《みこ》と神殿を見かけたら、たとえ小銭や饅頭《まんじゆう》、祈りの言葉であってもいいから、何かをお供えしなければ通りすぎることはできないと、旅の早い段階で学んでいました。

キルシャンの戦い（ペイロン将軍が、のちにキルシャンの王となる猛牛に殺された戦いのことです）をデューが避けて通ってからほどなくして、ある道の曲がり角にさしかかったとき、女神サンフイを祀《まつ》る小さな神殿を見つけました。鉄の格子の向こうにある縦型の飾り棚には、女神像、笏《しゃく》、栓がしてある軟膏《なんこう》の壺《つぼ》が収められていましたが、その神殿の前で、デューがそれまでに見たことがないほど巫女らしくない巫女が眠っていたのです。

巫女はずんぐりとした体つきで、晩春のにわか雪が降る中で袖のない上衣をまとい、袴や履物は身につけず、裸足《はだし》で、青みがかった濃灰色の子牛のなめし革でできた短い腰衣をはいていました。髪はだらしなくもつれていて、巫女だと分かる証《しるし》は、首にかけられた粗い仕上げの琥珀《こはく》の数珠と、そこからぶら下がっている女神サンフイの小さな木彫りの像だけでした。

＊＊＊

「ほら」とシン・カムが叫んだ。「ホー・ティー・タオの登場だ！」

「分かっている」とシン・ローンが言い聞かせるように言う。

「子牛革の腰衣をはいているのは、太陽から聖なる子牛の一頭を盗んだからなんだよ」

「分かっている」とシン・ローンが繰り返し言い、チーは背筋を少し伸ばす。

「実を言うと、その子牛の一件は初耳です」とチーはさりげなく言ってみた。

「じゃあ、今、知ればいいさ」とシン・カムが嬉しそうに言った。

シン・ローンはため息をつき、妹の耳に手を伸ばし、手荒に撫でた。

「本当の話だ。ホー・ティー・タオはとても幼い雌虎だった時分、母親に言われた。お前は一生涯、残り物をもらって生きていくしかないだろう。おいしいものや速く走ることに関心がない松の木にさえも、貧弱な体のお前は遅れをとるだろうね、と」

「ほんと、母親が言うにしては残酷な言葉ね」とスーウィが言うと、シン・ローンは怒りもせずに、むしろ誇らしげに首を傾けた。

「その通り。そして、尊敬する母親の考えが間違っていることを証明するため、ホー・ティー・タオは太陽の館に忍びこみ、牛飼い二人の寝込みを襲って殺し、平らげたあと、太陽が最も大事にしていた子牛のうちの一頭も平らげた。それから家に帰ると、ジョー谷の松の木も、人間もみんな平らげ、その後に自分の兄弟姉妹も、母親も平らげた」

「やだ」とスーウィが消え入りそうな声で言うと、シン・ローンは一瞬ほほ笑んでからチーに顔を向けた。

「お前のところの書物への補足説明だ、聖職者よ。記録しておくがいい。お前が平らげられたあとに人々が読めるように。さあ、続きを話しておくれ」

＊＊＊

デューが近寄り、巫女の足のそばにあった椀《わん》の中に小銭を一枚入れると、巫女は唸りながら目を覚まし、デューがお辞儀をし終える前にその手を掴みました。

「一体何の真似だ？」と巫女は尋ねます。

「お供えをしていたんです」と答えたデューはそのときになって、今まで見えていなかったものに気付きました。巫女の上衣には点々と乾いた血の跡があるうえ、爪は分厚く、白いのです。巫女というものは自制心と安いお香の匂いがするはずなのに、この女からは掘り返された土と満腹の匂いがします。デューは女に掴まれた手を引っ張らないように必死で耐えました。

「何を供えたか見せてみろ」と言う女は、小銭を見ると顔をしかめました。

「おいおい、そんなの何の値打ちもない」

「でも、これは……一センですし、つまり四フィ分の値打ちがあります」とデューは言ってみたものの、女は首を振りました。

「全然駄目だ」と女は素っ気なく言い、デューの手をぴしゃりと叩いたので、小銭は地面に落ち、転がっていってしまいました。「さあ、代わりに何をくれる?」

「ええっと。世界の悲しみと苦しみへの祈りの言葉を捧げます……」

「駄目だ、そんなものは欲しくない。他に何がある?」

女はいまだに満腹の匂いを放っていましたが、声にはどこかしら、その状態が今だけだと暗示するものがありました。そして、丸くてとても愛らしい目には、激しい飢えのようなものが浮かんでいました。

「私……お餅を持っています」

「ほお!」と女は驚いて言います。「それはいいじゃないか。出してみろ」

デューにとってそれから二日の間に口にできるのはその餅だけだったのですが、今差し出しておけば、二日後にまだ生きている可能性が高まるかもしれないと思い至りました。デューは鞄から片手で餅を引っ張り出し、女に渡しました。

驚いたことに、女は神殿の前にデューを引き寄せ、隣に座らせると、餅を分け与えて、食べるように促しました。

「何なら、逃げればいい」と女は冷淡に言い――

＊＊＊

「いや、ホー・ティー・タオは親切に言ったはずだ」とシン・ホアが低い声で言った。チーがてっきり眠っていると思っていた妹虎だ。

「そうなのですか？」

「意地悪で言ったんじゃない」とシン・ホアは眠たげに言う。「その言葉は礼儀であり、許可でもあり、親切にしようとしてのことだ」

「覚えておきます」とチーは言い、話を続けた。

＊＊＊

「何なら、逃げればいい」と女は親切に言いました。「それか、ここに残って一緒に食べてもいい」

夜明けからこの方、何も口にしていなかったデューは、長く延びた一本道を見下ろし、それから餅を見ました。心の声は逃げろと言っていましたが、腹の虫はできるなら餅をせめて一個は食べろと言いました。これまでの旅で、デューの腹の虫はひどく声高に主張するようになっていたのです。

デューが蓑《みの》を肩の上までしっかりと引き上げて、自分の餅の一つを行儀よくかじりはじめると、女はぼんやりとした顔つきで餅を口に入れ、咀嚼《そしゃく》しました。食べているうち、デューは女がちっとも餅を味わっておらず、むしろデューを見ることのほうに心惹《ひ》かれているらしいとはっきり感じました。デューがかぶっている毛糸の帽子から、ぼろきれを巻いた涼鞋《サンダル》の先までしげしげと眺めまわしています。

ついに、二人の間のべたべたの蠟引きの葉の上に餅が一個きりになり、二人は揃《そろ》って考えこんだ様子でその餅を見つめました。

「そうだな」と女がほどなくして言いました。「こうしよう」

女が最後の餅を手に取って半分に割ると、デューは驚きのあまり目をしばたたきました。女は冷静な眼差しで二つになった餅を吟味し、それから大きいほうを差し出してきます。デューは手を伸ばしかけたのですが、そのとき、女が幼い子を相手にするようにデューの口元に餅を近づけてきました。

無礼を働かずにこの場を切り抜けたくて、また、結局のところお腹がひどくすいていたのもあって、デューはおそるおそる口を開き、餅を食べさせてもらいました。

「はい、ご馳走様《ちそう》」と女は満足げに言うと、立ち上がりました。

立ってみると、女はデューよりも背が低く、デューの顎先にやっと届く程度でしたが、体重は倍か、それ以上でした。デューには座って餅を一緒に食べていたときよりも、女を見下ろしている今のほうが安全だとは到底思えませんでした。

「ご馳走様」とデューはおうむ返しに言いました。うなずいた女の顔にほほ笑みはなく、代わりに女は少しの間だけ目をつぶりました。

「私の名前はホー・ティー・タオ。お前の名は、本当に知りたくなったときに尋ねることとしよう」

「そうなのですか？　つまり、私の名を知りたくなるときが来ると？」とデューは狼《ろう》狽《ばい》して訊きました。

「まあ、そのうち分かるだろう。さあ、一緒に行こう」

＊＊＊

「何たることだ」とシン・ローンは、少々呆《あき》れた様子で言う。「つまり、デューは知らなかったということか？」

チーは虎の口振りに眉を吊り上げた。

「隣に座っていたのが自分を平らげかねない相手だということなら、デューは分かっていました、陛下」とチーは丁寧に言った。

シン・カムはいらついて、両耳を振った。

「ホー・ティー・タオに口説かれているってことを、デューは分かってなかったんだ！　あんなに優しく、情熱的に接してやったのに、デューときたら感謝もしないなんて！」

「どういうことですか？」とチーは訊いた。虎なりの理《ことわり》があるようだと思ったので、筆記具を手に取った。もしもチーがこの場を切り抜けられなかったとしても、シンギングヒルズ大寺院はこの話に大いに興味をそそられるだろう。もしかしたら秀でた功労者のための殿堂に、名前を刻んだ石板を設置してもらえるかもしれない。大した慰めになるわけでもないが、悪くない想像だ。そこで、チーは帳面の真っ白な頁《ページ》を開き、焚火に少しにじり寄った。

「それは正式な求愛の始まりなのだ」とシン・ローンはもったいぶった態度で言う。「我らが先祖の女たちは、礼儀と情熱の両方の模範であった。現代の虎であっても、森の小道で出会ったばかりの見目麗しい相手と結婚の契りを結ぶことは珍しくない」

　女の姿のシン・ローンが手を伸ばし、シン・ホアの尻尾をつまむと、眠たげな妹虎は唸り、反対側のシン・カムもシャーと鳴いた。虎が話せば話すほど、その声は聞き取りやすくなり、威嚇的な落石音が消えていく。そんなことにチーは気付いた。

「差し出された食料を独り占めせず、分け与えたとき、ホー・ティー・タオは表現していたのだ……おのれの好意と忘我の境地を。そして、名乗りながらもデューに名前を尋ねなかったとき、ホー・ティー・タオは扉を開いていたのだ」

「何の扉ですか？」チーは我知らず話に引きつけられ、尋ねた。

　シン・ローンは分厚い手を振った。

「様々な事柄への扉だ。求愛への扉。一夜の愛への扉。もっと長く続く何かへの扉。相手のことをもっといろいろと、より深く知る機会への扉。他にいくらでもある」

「夕食になることへの扉も」とスーウィが顔をしかめて言うと、シン・ローンは声をあげて笑った。

「もちろん、それもある。それとも、お前は夕食の席で不愉快な客を殺すという特権を、みずからに禁じているのか？」

スーウィは小声で不平を漏らしたが、古代象《マンモス》偵察隊の一員である以上、北の国の歴史を知っている。堪忍袋の緒が切れたときに北の貴族たちが行使してきた特権も、その歴史の一部だ。

「ホー・ティー・タオが言外にほのめかしたいろいろな可能性について、もっと詳しく教えていただけませんか？」とチーは尋ねた。「私たちはこの件についてほとんど何も――」

「あのほのめかしは意図的なのだ」とシン・ローンが言う。「だが、もうお前は、歓迎されない客や質問が、どんな風に歓迎の夕食に変わるか多少なりとも分かっているはずだ」

「はい、分かっています」とチーは言う。「話を先に進めましょう」

# 6

ホー・ティー・タオはアンワールの〈彩られた崖〉に暮らす人々のように洞窟住まいで、驚くべきことにその洞窟は山の奥深くまで延びていました。大昔からあるこの住まいは、縦穴から射す光と鏡を幾つも巧みに組み合わせて、明るく照らされていました。それでも光が足りない場所には油を使う灯火具があちこちに置かれ、毛皮や絹の座布団が点々と置かれた長椅子、金塊と翡翠や瑠璃の板を紐でつないだものが溢《あふ》れんばかりに入れられた箱、国の兵器庫一つ分はあろうかという、壁に掛けられた武器類といったものを怪しげな光で浮かびあがらせていました。

「まあ、これはあなたのご先祖の武器ですか？」とデューは丁寧に尋ねました。

「いや、非難の言葉を浴びせかけてきたやつらから、私の先祖が奪ったものだ」とホー・ティー・タオは答えました。

そもそも、国のために働く学者になろうとしてずっと勉強してきたデューなので、壁の武器の幾つかについてはそれが何なのか覚えがありました。数百年前に行方知れずになったウェイ・リー・ランの盾、のちに悪名高い女性秘密結社となる〈刺草《いらくさ》の会〉の会長から奪った二本一対《つい》の短剣、ツック・クイ将軍の虎退治の剣。虎を殺してきたこの女将軍が最後に虎に殺されたことは言うまでもありませんが、デューは自分がのこのこと家までついていった相手がどんな怪物なのか、ここでようやく理解したのです。

＊＊＊

「それで、他には？」とシン・カムが興奮気味に尋ねた。

怪物うんぬんの表現を心配していたチーは、驚いて目をしばたたいた。

「他とは？」

「ホー・ティー・タオは他に何を壁に飾ってた？　他に何をデューに見せてやった？」

「私どもの記録にあるのは三つだけです。盾と短剣と虎退治の剣……」

「それって偉大なる古代象《マンモス》ホーシューが、ジョウーンと共に鯨王を倒しに行く以前に、着用していた装具とおんなじことよね」とスーウィが藪《やぶ》から棒に言い出した。

スーウィは大胆にもバオソーを焚火のすぐそばに寝かせて、自身はピルークの前脚にもたれて座っていた。ピルークの鼻はスーウィの片方の手を握り、時折、優しく揺らしている。

「どういう意味ですか？」

「つまりね、ホーシューの武勇談を語るとき、語り手は必ず、ホーシューが何を身につけていたのか、それがどこで作られたものかまで言わなきゃならないものなの。ちなみに、たいていの鐙《あぶみ》は私の故郷パリーキエで作られたものよ」

「もちろん、そうだろう」とシン・ローンが愉快そうに言う。「そして、当然ながら、聖職者チーよ、お前は今後この話を語るとき、ホー・ティー・タオが大虐殺者イクジーの手袋も壁に飾っていたことを忘れてはならない。大虐殺者は猪背山脈の虎に倒されたということだ」

「そういたします」チーは書き記しながら言った。チー、あるいはチーの記録帳がシンギングヒルズ大寺院まで戻った暁には、院長は大いに喜ぶだろう。特に、北では〈華麗なるイクジー〉と呼ばれ、二百年ほど前に忽然《こつぜん》と消え失せた狩人の身に起きたことについて、光明を投じるものであれば尚更だ。

意識を失っているバオソーと、間違いなく眠っているシン・ホア以外は皆、傾聴する姿勢に戻った。納屋の背後の空は今や漆黒となり、木々の形から何からすべてを呑みこんでしまい、残っているのは焚火の仄暗《ほのぐら》い光に煌めく、地面に点在する雪だけだ。

冷気があらゆるものに染みこみ、チーは羊革の外套の中でもう少し身を縮め、手首を曲げて袖の内側の折り返し部分に仕舞いこんだ。

「次の箇所は少し風変わりです」とチーは言った。

「そうなのかい？」とシン・ローンが言う一方で、シン・カムは喉を鳴らしながら鼻面を前足の下に隠す。虎について詳しくないものの、それでもチーにはそれが忍び笑いということは明白だった。

「はい。虎のホー・ティー・タオと女学生デューの物語は、双方の死後しばらくしてから私たちのもとへ伝わりました。旅回りの役者が、読み書きのできる友人に話したことが元になっています。五十年という歳月も、天性の語り部も、ウーエ県の僧までもが、この話をいかに歪《ゆが》ませたか……」

「それで？」とシン・ローンが言う。

「分かりました。私が聞いた話はこうです……」

＊＊＊

それから、ホー・ティー・タオはみずからの所有する宝物をすべてデューに披露し、最後に寝所を見せました。寝床には、水牛、羚羊《れいよう》、山羊《やぎ》、兎、人間が走っている姿が豪奢《ごうしゃ》に刺繍された刺し子の夜具が広がり、頭上には天蓋として、巨大な虎の見事なまでの毛皮が広げられていました。

「そして、これが」とホー・ティー・タオは誇らしげに言いました。「私がみずから殺した母の毛皮だ」

＊＊＊

シン・ローンは目を細め、シン・カムは驚いて顔を上げた。

＊＊＊

「どうしてこんなことを？」とデューが言いました。

「なぜって、母のものが欲しかったし、あらゆるものが私のものだからだ。こっちへおいで。私が殺したものたちの姿を見せてあげよう。夜具に刺繍を施してあるんだ」

デューは虎のそばへ行き、殺されたものたちの逸話すべてに耳を傾け、そして翌朝、虎は狩りに出かけ、デューは傷一つなく去りました。

＊＊＊

「おやおや」とシン・ローンが言った。その声は古箏《チター》の弦のように張りつめている。

「そ、そ、そんなふうに伝えられているのか?」

「そうです」とチーは答えながら、スーウィが立ち上がり、再び両手で槍を構えたことを感じ取っていた。

「ひどい話だ！」とシン・カムは頭を振って言った。「よくもまあ、ここが一番の見せ場なのに台無しにして。全然違うよ」

シン・カムが立ち上がったので、シン・ローンはいらだたしげに体勢を立て直さざるを得なかった。シン・カムはそわそわと行きつ戻りつし、時折、まるで口の中の嫌な後味を消したがっているかのように、冷気を咬《か》む仕草を見せた。

「それでは、本当はどうだったのか教えてください、お嬢様」とチーは恭しく頼んだ。

「私にできるのは、聞いた通りに話すことだけです」

「たとえそれが間違っているうえに、悪意があるとしてもか?」とシン・ローンが冷ややかに尋ねた。「お前自身が言ったように、たとえそれが不完全だと分かっていてもか？」

チーの頭の本能的な部分は、今すぐ逃げろと訴えているが、チーはそれを無視した。逃げる代わりに深呼吸を一回、もう一回と繰り返した。シン・ローンはチーたちの人格を認めているから、殺す前には何らかの警告をしてくるはずだ、おそらく。

「私が知っているのは、この説だけなのです」とチーは言う。「他の説を教えてくだされば、今後はそれを語ります」

「あるいは、二つとも大事に仕舞いこんで、甲乙つけがたいと思うか」と不意にシン・ホアが口を開いた。寝起きの声はしゃがれている。「そっちのほうが余程たちが悪い」

「どこが間違いなのか教えてもらわなければ、私にはなすすべがありません、お嬢様」チーはそう言うと、口を閉ざした。

虎たち三者間の気持ちの複雑なやり取りが行われた。シン・ローンは冷ややかに激怒して見える。虎にふくれっ面ができると言えるのなら、シン・カムは猛烈にふくれっ面をしている。そして、シン・ホアは眠たげに見えたが、おそらく常にそう見えるというだけなのだろう。

「それで、あなたの話のせいで、私たちは虎に食べられるわけ？」とスーウィが訊いてきた。「気休めになるか知らないけど、これまでのところは上手に話せてると思ってたよ」

「食べられるかもしれません」とチーは言った。虎たちが少なくとも片耳でこちらの話を聞いているはずだと分かっていた。「あるいは、虎は私たちを食べず、代わりに正確な話を教えてくれるか」

最終的に、シン・カムとシン・ホアは再び地面に横たわり、シン・ローンも座り直し、胸を張り、その目を焚火の光で輝かせた。

「分かった、聖職者よ。誠意をもって話してやろう。もしも我々がシンギングヒルズへの帰還を許したなら、お前もまた誠意をもって話を伝えてくれるものと信じる」

＊＊＊

太陽の聖なる子牛を一頭食べた虎として、ホー・ティー・タオは誇らしげにデューの手を取り、家の中を案内し、敵よりも長い牙、鋭い鉤爪《かぎづめ》、有り余る食欲のおかげで勝ち取った宝物の数々を指さした。

この時代に生きていた虎の中でも、ホー・ティー・タオこそが最も偉大で、誇り高く、飢えた虎であり、見せびらかせる宝物を山と持っていた。このときすでにホー・ティー・タオがデューに少なからぬ好意を寄せていたことは間違いない。なぜなら、巨人の手の骨や猪背山脈の最後の〈おしゃべり熊〉の歯が入っている壺を見せただけでなく、死んだ鯨の油を使った明かりしか通路を照らすものがない山の中心部、みずからの住まいの最深部までデューを案内したからだ。

ホー・ティー・タオの寝台の真上には、天蓋のように大虎の毛皮が吊るされていた。偵察隊の古代象《マンモス》の子とほぼ同じ大きさだった。前足はいまだ銀色の鉤爪が生えたままで揺れていた。橙色は鮮やかで生き生きとしているのに、黒色は深く、生気がなかった。

「これは誰ですか?」とデューが訊くと、ホー・ティー・タオはほほ笑んだ。

「〈飛び跳ね虎〉の毛皮だ。きちんとした果たし合いで私の祖父が殺した」とホー・ティー・タオは言った。「そんな虎は単なるおとぎ話で、言葉が虎の骨格を成し、笑い声がその目を成しているのだと言うやつらがいるが、大間違いだ。やつは実在していた。やつは飢えていた。そして、今、私が眠るとき、やつの毛皮はまるで天空のように私の頭上に広がっている」

「あなたは自分がそれほどの価値がある存在だと？」とデューは訊いた。

もしも、その言葉がさほど興味深くもなく、さほどいい匂いもせず、さほど美しくもない者から発せられていたら、ホー・ティー・タオは即座に殺していただろう。ひどい侮辱だったので、死体を放置して、下等な動物に食わせたかもしれない。しかし、デューの口から出た言葉はホー・ティー・タオをほほ笑ませるだけだった。

「こっちにおいで」とホー・ティー・タオは言い、〈飛び跳ね虎〉の毛皮の下にデューを引っ張りこんだ。「とくと見せてあげよう」

そしてデューはホー・ティー・タオの寝台に三晩泊まり、四日目の朝、目覚めると一人きりだったので、衣を着て、体に望まぬ傷を一つも残されることなく山を下りた。

＊＊＊

「ありがとうございます、陛下」とチーは言い、座ったままでお辞儀をした。「お話はしっかり記録帳に書きました。シンギングヒルズに戻った暁には、保管記録書にこのまま書き写されます」

「あるいは、お前なしで、記録帳だけが戻った暁だな」とシン・ホアが眠たげに意見を言う。

「でたらめばっかり言いやがって」とシン・カムはふてくされて言うが、シン・ローンは妹の言葉を無視し、両手を膝の上できちんと重ねると、チーに向かってうなずいた。

「続きを話せ」

「もちろんです、陛下」

# 7

デューはウーライ山からオアン川の岸辺まで下りてきました。川は幅があり、見晴らしが良く、流れも水牛のように穏やかでしたが、ところどころで奇妙な狂気を隠して揺れ動き、渦巻いていました。ふもと近くの川べりで片側に長い竿《さお》をつないである平底船を見つけましたが、船頭の姿はなく、その代わりに虎が満足げな顔をして船の中で休んでいました。

デューが左に右にと目をやると、虎は目を半眼にしてホー・ティー・タオの声でしゃべり出しました。

「北の方角に五日行けば橋がある。南に七日行けばちゃんとした渡し舟がある」と虎は言います。「念のために教えておく」

デューは落ち着きなく唇を噛みました。

「食料がもうないの。川を渡ったら、ネイ村に立ち寄るつもりだったから」

「私にとってはどうでもいい話だ」と虎が言うので、デューは拾った川べりの石を虎の丸い顔に思い切り投げつけてやりたくなりました。

「船頭を食べてしまったの？」とデューが尋ねると、虎は片目を開けます。

「いいや。でも、お前が望むなら、食べてやってもいいぞ。どこかに逃げたようだが」

「ううん、そういうことじゃないの。私は川を渡りたいだけ」

「助けてくれる船があればいいのだろうな」

「そう、あればね！」

虎は虎なりに精一杯同情的な顔をしてみせました。

「どうやら私はここに船を持っているようだよ、学生さん。私に頼んで、川を渡らせてもらったらどうだ？」

デューは大きく息を吸いこみました。

「お願い、ホー・ティー・タオ。私を川向こうまで運んでくれない？」

「代わりに何をくれる？」

腹を立てたデューはわずかばかりの持ち物を土手に広げました。大したものはなく、着替え、刺繍の入った布製の室内履き、そして親の債権者たちの目から隠しおおせた数冊の書物だけでした。

虎がデューの持ち物をじっくり見ようと土手まで来て、顔を右に左に向けました。

興味なさそうに書物と衣類を嗅ぎ、最後に首を横に振りました。

「価値のあるものを持っていないのか？」

「もちろん、持ってるわ」とデューは言います。「ほら、これ。詩人ルー・ビーが妻に先立たれたときに書いた長篇《ちょうへん》の古詩『長哀歌』よ」

デューは一旦言葉を切りました。

「良ければ、声に出して読んであげる。それが向こう岸までの渡し代になるなら」

「ふむ、少し聞かせてくれ。それが素晴らしかったら、残りも読ませてやる。その後、お前を乗せて、この船を向こうまで漕《こ》いでやろう」

ともかくもデューは提案が受け入れられたことに少し驚き、川辺に膝をついて座ると、膝の上で薄い書物を開きました。最初の四分の一を飛ばしたのは、そこが当時の皇帝への賛辞を書いただけのところだったからです。次の四分の一の最初の数頁を飛ばしたのは、死者の国の描写があるだけで、それなりに美しいものの、魅惑的とは言いがたい箇所だったからです。

「《そして、お前は真冬の子猫のような柔らかな足裏で、長く豊かな黒髪が踵《かかと》をかすめる微かな音を立てながら我が家にやって来た。同じように静かに、私の心へもやって来た。それなのになぜ、私の手を放して死出の旅に発つ段になって、騒がしい音を立てたのか。鳴り響く角笛の音、轟く太鼓の音を出したのか。私たちはいつも屋敷をこの上なく心地よい静寂に保っていた。緋《ひ》色の糸の糸巻きを落としたり、朝早くにお前の唇から控えめな泣き声が漏れたりするときだけ破られる静寂だった。それが今、お前の出立は雷のように凄まじい音を立て、お前が遺していった虚空の力で屋敷の材木が震えている》」

デューのお気に入りの一節だったので、虎がこれをどう受け止めたか、顔を上げて見るのが何だか怖く思えました。人は何かを愛しすぎると、他の人に見せて、自分の愛したものにも欠けた点があると知ることに特別な痛みを覚えるものです。

しかし、虎はうなずきました。その丸い顔には集中力の高まりが表れていました。「なるほど、申し分ない。全部読んでくれ。終わったらもう一度。そうしたら、向こう岸まで連れて行ってやろう」

「二回読むなんて言わなかったけど」とデューは不平を言ったものの、消え入るような声でした。というのも、デューとしても上手に読めて楽しかったからです。「冒頭から全部読むか、それともこの部分だけ――」

虎は低い唸り声をあげました。その目にはまるで翡翠か赤瑪瑙《めのう》といった石のような硬さがあり、生き生きしたところはないものの、爛々と輝いていました。

「全部がいい」と虎は言い張ります。「それも、二回」

「分かったわ」とデューは言い、本の最初の頁を開き、虎が耳を傾ける前で二度読み通しました。二度目の朗読のとき、虎はデューに合わせて一字一句ほぼたがえずにつぶやきました。それから、虎は朗読しているかのような完璧な調子で、書物の全文を暗唱しました。

「よしよし」と虎はようやく言います。「船に乗って座るがいい。向こう岸まで漕いでやろう」

＊＊＊

チーは一旦黙った。

「それで、どうです？」とチーは訊き、虎たちはしばらく考えこんだ。少なくとも、シン・ローンとシン・カムは考えていた。シン・ホアはというとおそらく眠っているのだろうが、この時点でチーはそちらに大金を賭ける気にはなれない。

「悪くないよ」とシン・カムが言う。「私たちが教わった通りだ、大部分は。だけど、どうしてホー・ティー・タオは船頭を食べなかったの？　追い払うだけより、はるかにいい方法なのに」

「なぜなら、たまたま居合わせて食べられただけで、そこに何の理由もないという話では、人間が気に入らないからだ」とシン・ローンが言い出し、チーは少し驚いた。

「どうやら、もっぱらこの話が人間の世界で広まっているようだな」

「そうは言っても、私たちの言い伝えとは違う」とシン・ホアが目を閉じたまま言う。

「どんな言い伝えなの？」とスーウィが唐突に訊いた。

チーは驚いてスーウィをちらりと見る。この古代象《マンモス》偵察隊隊員は少し冷静になった様子で、チーを見てから虎たちを見て、それからまたチーに視線を戻した。どちらの話を信じるべきか測りかねているようだ。

シン・ローンはあくびをしながら、分厚い肩をすくめた。

「大きな違いは、デューが二回朗読した後に、その本をホー・ティー・タオが食べたという点だ」

かつて、チーはウーエ県の墓場で新入りの亡霊のふりをして身動き一つせずに座っていたことがあった。おかげで、〈薔薇《ばら》月祭り〉で蘇《よみがえ》った死体が互いに披露する話を聞けたのだ。あのとき、死体に見つかるようなことをしていたら手足を引き裂かれただろうが、もしも死体がシン・ローンのようなことを言っていたら、チーは今まさにやっているように、息を呑んでまじまじと相手を見つめてしまったことだろう。「どうしてそんなことを?」とチーは尋ねた。それから、すぐに片手で口元を覆い、顔を赤らめた。

シン・ローンはチーの正体を見破ったと言わんばかりに、勝ち誇った笑みを見せた。まっすぐな正攻法で、シン・ローンは確かに見破ったのだ。チーは何年もかけて、裏表のない顔と傾聴する姿勢を磨きあげたはずだった。驚きのあまり息を呑んで相手を見つめるなどということは、非常に未熟な聖職者だけが取る行動だ。

「女学生デューも同じことを尋ねたよ」とシン・ローンは言った。「話はこうだ」

＊＊＊

太陽が赤く熟れ、地平線に向かって落ちはじめる中、デューは詩を読みあげた。その間、この女はなんと美しいのだろうとホー・ティー・タオは思った。デューは三夜にわたって寝台の上で美しく、それは目を見張るほどだったものの、今、行く手を塞がれて怒っていても彼女はなおも美しい。おそらく自分はこの女学生が他のどんなときに美しいのか知りたいのだ、とホー・ティー・タオは気付いた。醜くなるときでさえも、きっと彼女はやはり魅惑的で愛しいことだろう。

船が川波に揺れる間、ホー・ティー・タオは女学生の声に身を任せ、半ば夢見心地でまどろんでいたが、間もなく女学生は書物を閉じ、立ち上がった。

「渡し代はきちんと払ったんだから、今度はあなたが約束を果たしてくれなくちゃ」とデューは言う。

「もちろんだとも。さあ、書物をこちらにくれ」

デューが渡すと、（先ほど私たちが言ったように）ホー・ティー・タオは前足の一撃で書物を破壊し、傷ついた書物を二口で平らげた。

すると、デューは立ち上がり、まるで自分自身が引き裂かれたかのように泣き叫んだ。足を踏み鳴らすと川岸の間で川全体が揺れるほどで、それはもう凄まじい怒りようだった。

「どうしてこんなことを？」とデューは訊き、涙が顔を伝い落ちた。ホー・ティー・タオは困惑して相手をじっと見つめた。

「欲しいと言ったはずだ」とホー・ティー・タオは言う。「今では私のものだ」

デューは言い返すように土手から石を一つ拾い上げ、気の毒なホー・ティー・タオめがけて力いっぱい投げつけた。あまりに強くぶつかったので、堂々とした牙の一本が欠けたほどだった。

「今のも受け取るがいいわ」とデューは怒って言った。「さあ、約束を守って、私を川向こうまで連れて行って」

ホー・ティー・タオは牙の痛みのせいで、一瞬、女学生の頭をその肩から叩き落としたくなったが、いつにない調子で例の言葉が思い浮かんだ。美しい。確かに女学生は美しかった。

ホー・ティー・タオはデューを殺すどころか、深々とお辞儀をし、人間の姿になって櫂《かい》を握ると、渡し守のように巧みに船を漕ぎ出した。

二人は押し黙ったままオアン川を渡った。対岸に到着すると、デューは荷物をまとめて、ふり返りもせずに川岸から悠然と立ち去った。ホー・ティー・タオの目を奪ったままで。

＊＊＊

チーは咳払いをした。

「もちろん、最後のところは比喩だ」とシン・ローンが忍耐力を発揮して言う。

チーはうなずき、記録帳に書き加えた。〈薔薇月祭り〉の死体たちが披露した話の中では、比喩ではなかった表現だ。

「承知しました。さて、デューは川から遠ざかり、西の国ジョウ出身のチェン一族の屋敷までやって来ました」

# 8

西の国ジョウのチェン一族は、当時、故郷ジョウから遠く離れた地に住んでいました。

支持する皇子を間違えて追放されたゆえです。当時、その皇子はジョウの先帝の最も正統な跡継ぎのように見えていましたし、皇子の母親にはキー一族の後ろ盾があることを考えれば、有望な賭けでした。しかし、不運なことに、別の皇子のほうが正統であることが判明したうえ、そちらのほうが古来の毒を大量に使用することにも少々長けていました。

そんな次第でチェン一族は混乱に陥り、生き残った者たちは田舎に落ちのびて、亡霊の森の真ん中にある屋敷を購入し、正義も礼節も完全武装の見張り番さえも頼りにならない以上、亡霊や悪鬼や怪物に身を守ってもらうことにしました。

悪鬼や怪物に身の安全を託すのは、皇帝の息子の中でも一番ふさわしくない者を支持するのと同じくらいまずい考えです。最終的には、チェン家はそのことを学びましたが、少しばかり手遅れでした。

もちろん、日暮れ時にチェン家の門前まで来たとき、デューはそういったことを何一つ知りませんでした。背後の虎のこと、節度のある距離を取って尾行しつつ、恋焦がれて不器用になっている虎のことには一日中気付いていていましたが、無視していました。

ともかく、デューはチェン家の頑丈な扉に付いている鉄の鐘を鳴らし、年老いた門番に、自分はアーンフィでの試験に行く途中の受験生であると告げたところ、中へ招き入れられました。背後で門扉が素早く閉められました。

当時、チェン家は先帝に仕えた老当主、その正室、側室、次男、そしてまだ幼い娘という構成でした。少し前まではもっと人数が多かったようでしたが、デューは一家に空いた穴を刺激しないように心を配りました。そうしてデューが食卓の前に正座すると、一家は家でこしらえたありとあらゆるご馳走で女学生をもてなしました。扇形に並べられた柚子《ゆず》や生姜《しょうが》をまぶした雉《きじ》肉の薄切り、塩を散らした皿の上で泳いでいるかのように盛り付けられた尾頭付きの鯛《たい》、発酵乳に浸してから胡麻《ごま》油で揚げた豚の心臓の薄切り。デューの前には紅玉色の塩と胡麻を振りかけた白米のお椀、左手には底に描かれた走る狐の絵姿が見えるほど澄んだ汁物のお椀。右手には翡翠の箸が一膳、上端部を優美な金の鎖で縛って置いてあります。

皇女に供すようなご馳走が、ぼろをまとった女学生のためにずらりと並べられたのですが、デューはお腹がひどくすいていたので、目の前に置かれた料理を食べるだけでした。こんなにおいしいものを食べるのは生まれて初めてのことです。食事の最中、チェン家の主人は食卓の上座で思慮深げにうなずき、その妻二人はまるで宮廷を一度も離れたことがないかのように生き生きとした巧みな話術で、機知に富んだ愉快な話を披露しつづけました。

満腹になりかけた頃、デューは幼い女の子のそばにある山査子の実が入った小皿に目を留めました。きらりと光る赤い実には氷砂糖の大きな結晶がかけられています。デューが見ていると、女の子は手を伸ばして、実を二個、口に放りこみ、嬉しそうに呑みこみました。デューに見られていると気付くと、女の子はさらに二個手のひらに載せ、はにかみながら差し出します。

「どうぞ」と女の子は言いました。「一緒にお食べください」

最初、口に放りこもうと思ったのですが、すぐに故郷の屋敷のこと、玄関から十五歩のところに生えていた山査子の木のことが思い出されました。デューが家を出たのは、花や実どころか、若葉が萌《も》え出る前でした。美しく赤い実が熟すのは秋で、溢れんばかりの酸っぱい果汁を蓄え、指で触れると少し柔らかく感じられたものです。

「ああ」とデューは言い、食卓のご馳走の残りを見下ろしました。雷鳥であればこのあたりの森に生息しているものの、雉は非常に稀《まれ》ですし、ましてや海水魚である鯛がこのあたりの河川で泳いでいるはずもありません。不意に、デューは家族全員の視線がこちらに向いていることに気付きました。

「どうしてお食べにならないのです?」とチェン家の側室が尋ねます。「お食べいただけないと、うちのジアが見知らぬ人の親切を警戒するようになってしまいます」

「実を言うと、訪問先の主人のご厚意に甘えすぎてはならないという格言が沢山あるのです」とデューは言います。「ここで幾つか読みあげてみましょう……」

我ながら戯言を口にしていると思いながら、デューは鞄に手を伸ばしました。その鞄の中には家庭教師が買ってくれた御札が入っています。ところが、鞄に手を入れる前に、墨色の眉毛と乙女のように青白く整った顔立ちの、実に凛々しい次男がデューの手に自分の手を重ねたのです。

「ああ、どうか静かに。私があなたの美しさに見惚《みと》れている間、静かにしていてください」と次男は言いました。その目は漆黒でした。

デューは身じろぎ一つしませんでした。

「そうですとも」と側室も励ますように言います。「お静かに。どうかお静かになさって、私どもと一緒にお暮らしください。あなたの一番の好物をお出ししますし、亜麻布を敷き、絹を掛けて寝かしてさしあげますよ」

「私どもとお暮らしください」と正室も上品に誘います。「お静かに。どうかお静かになさって、私どもの息子と結婚なさいませ。側室の子にしては案外良い子なのですよ。そして、我が家を笑い声で明るくしてくれる男の子を産んでくださいませ」

「いえいえ、それはないですよ」とデューは言います。なにしろ、国の官吏となるべく育てられたため、妻や母としての素養がないことは自分で分かっていました。デューは立ち上がろうとしましたが、次男は手を摑んで放そうとしません。すると、幼いジアが向かい側ですっくと立ち上がります。デューは身を引こうとしましたが、ジアが口の中に山査子の実を一個、放りこんできました。あまりに素早く、決然としていたので、デューは何が口に入ったのか理解する前に呑みこんでしまいました。

ああ……ああ、この実には毒があるとぼんやりと考えましたが、やがてデューは立ち上がり、次男のあとについて進み、屋敷の奥にある次男の部屋へ向かいました。

なんて不思議なことだろう、とデューは思います。これほど裕福な家の壁が黒ずみ、カビだらけだなんて。なんておかしなことだろう。廊下を歩くと、こんな風に種々雑多な芋虫や昆虫を蹴散らしてしまうことになるなんて。

「そんなこと気にしちゃいけないよ」と次男が言います。「私の部屋は柔らかくて暖かい。静かに、静かにしていてくれたら、永遠に居ていいんだよ」

そうこうするうち、次男が自室の扉を開けます。デューは一瞬、深く掘られた陰気な墓を目にしました。中が空洞になっています。激しく動揺するデューの心の表層に、冷静なある思いが浮かびました。ああ、これに入るには私が上側になるしかなさそう。それから視界がぼやけると、デューが見たこともないほど柔らかそうな寝床が現れました。周囲に巡らされた長い薄絹の几帳《きちょう》には、刺繡が——

そこには本来、覗《のぞ》き見する悪鬼や亡霊を近づけないための呪文が刺繡されているはずなのですが、デューがいくらためつすがめつしても、そのようなたぐいの刺繡は見当たりません。最初のうち、呪文の言葉の一つか二つが取れてしまったのだろうと思いました。それでも一大事ですが、割とよくあることです。しかし、やがておかしなところがあると気付きました。文の一行全体に非常におかしなところが、いえ、おそらく四行からなる文全体がおかしいのです。デューの手がとっさに伸びて、薄絹を摑みました。

「待って。この呪文は知ってるけど、間違ってる……」とデューは言います。それから、控えめな性格ではありませんでしたから、薄絹の垂れ布を強く引っ張り、自分と新郎のほうへ引き寄せたのですが、手の中の垂れ布はカビだらけの綿で腐っているし、寝台も実際には墓で、新郎ときたら――

ああ……ああ、これは死体だ。死んだ人間だ。死んでかなり経過している。だって、髪は抜け落ち、歯も抜け落ち、目玉があったところには何かが入っているけれど、それが何なのか分からない……

デューが叫ぼうとして口を開いたその刹那、玄関の鉄の鐘が鳴りました。次男は再び、椿《つばき》油の香りがする端整な顔立ちの若者に戻ります。ただし、今やデューは次男が実際には死体であること、いいえ、おそらく死体でもあることに気付いていました。次男は安心させるようにデューにほほ笑みかけます。

「客人が来ただけだよ」と次男は言いました。「心配しないで、私の可愛い人、大切な人」

「私たち……二人でお客様を迎えに行かなくては」とデューはやっとのことで言います。喉はからからでした。「せっかくの新婚の時期に、お客様に無礼を働くべきではないもの」

デューには次男が躊躇《ちゅうちょ》しているのが分かりました。このまま妻を墓穴に押しこんで、筋張った腕で抱きしめるほうがいいだろうかと考えているようでした。しかし、駆け引きをする状況ではないはず、とデューは思いました。デューが新婦であるなら、次男は新郎であり、恐怖の対象ではありません。デューが礼儀正しいなら、次男もそうあらねばなりません。

次男はほほ笑み、完璧な白い歯を見せつけてから、うなずきました。

「それでは、誰が玄関に来ているのか一緒に見に行こう」

二人が応接間に戻ると、そこにはすでにホー・ティー・タオがいて、デューがさっきまで座っていた席に寛いだ様子でどっかりと座りこんでいます。清潔な床に素足であがりこみ、手持ちぶさたに指一本で雉肉の切り身を調べているところでした。チェン一家は凍りついたように座って、とりわけ老当主は目鼻が彫刻された蕪《かぶ》のちょうちんのように間の抜けた顔つきをしています。

「ほら、お出ましだ」とホー・ティー・タオが言いました。「どうしているかと思って、立ち寄ってみたんだ」

デューは息を深く吸いこみました。虎か、死体か。本来は悩ましい選択なのかもしれませんが、もちろん、今回そんなことはありませんでした。

「助けてほしいの」とデューは言います。チェン家の死んだ次男がデューの手を握りしめると、虎が低く唸り、次男はすっかり引き下がりました。

「そうなのか?」と虎は尋ねます。「だけど、お前の他の本はあまり面白そうではないからな」

「す……少しならお金もあるし、それに……御札も何枚か……」

「全然そそられない」と虎は言います。

「私の名前をあげる」とデューが提案すると、虎は鼻に皺を寄せました。

「それが私にとって何の意味が?」

屍《しかばね》たちは虎と女学生の顔を交互に眺めます。デューはそれを見て総毛立ち、身震いしました。

「だったら……だったら、髪をあげる」とデューは申し出ます。古詩『長哀歌』にあった妻の黒髪についての記述を、虎がどれほど気に入っていたか思い出したのです。

「踵に届くほどの長さではないけど、きれいよ」

「お前の頭にくっついているほうが好きだ」と虎は言います。「私がうんざりする前に、とっとと別の提案をしろ」

デューはごくりと唾を飲みました。すると、あることを思いつきました。もはや『長哀歌』の本は手元にありませんが、愛読書でしたからいまだ頭の中に、心の中に息づいています。

「《黄泉の国の最奥から愛しい夫へ、私は呼びかけます……》」

「私はここにいるよ」と驚いた次男が言い出し、虎は唸りました。

「誰もお前に話しかけてなどいない」

「《私の目はいつも開いたまま、口はいつもからっぽです。そして、私の魂はいつもあなたの魂へと手を伸ばしています。死者の国には黒い鳥しかおりません。ですから、あなたがまだ私のことを覚えてくださっていることに期待して、この鳥をあなたのもとへ送ります。お線香を一本、私のために点《つ》けてください。そして、それが燃えている間、あなたの寝室の前の控えの間にまた座らせてください。線香の火が消えてしまうまで……》」

「《そばに置いてください。お仕えさせてください》」と虎があとを受け、それから立ち上がると、チェン家の屋敷にいた亡霊たちを追い払いました。

＊＊＊

「ああ！」とシン・カムが言い、目を見開いた。「ああ、気に入ったよ！　詩の引用のところをもう一度話して。最後のところをさ」

チーは求めに応じようと口を開きかけたが、シン・ローンが首を横に振った。

「最悪だ、聖職者よ。まったくもって最悪だ。実際にあったこととまるで違う」

「そうだけど、こっちのほうが好き」とシン・カムが熱狂的に言う。「詩のところなんて——痛い！」

シン・ローンに耳を引っぱたかれて、悲しげな鳴き声をあげた。

「好きになってはいけない。間違っているのだから」

シン・カムは前足を舐《な》めて、攻撃された耳を盛んに手入れした。

「好きになったっていいじゃないの」とふてくされて言った。

「構わないが、心の中だけにしろ。さもないと、聖職者がこのまま伝えつづけてもいいと思ってしまう」

「両方伝えればいい」とシン・カムが挑むように言う。すると、騒ぎに目覚めさせられたシン・ホアがシン・カムの肩に大きな前足をかけて、夢うつつで毛繕いを始めた。

「正しい話を教えてやらなきゃ駄目だよ」とシン・ホアがつぶやく。「ねえ、お姉様」

「当たり前だ」とシン・ローンが威厳をこめて言った。

＊＊＊

ホー・ティー・タオは口が痛かったが、デューの怒りの匂いをまだ嗅ぎ取れた。それは甘美な匂いだった。そこで、ホー・ティー・タオはデューのあとを追って、森を抜け、わざと枝を踏んだり、小石を蹴ったりした。デューに自分の存在を知ってもらうために、他にやりようがないではないか。

今や自分の縄張りの端まで来ていた。虎というのはただその場にいるだけでそこが縄張りになるわけだが、女学生デューが立ち寄ったのが狐塚であることは、ホー・ティー・タオでもすぐには感付けなかった。

西の国ジョウのチェン一家は運に見放され、追放され、そこに居を構えた。そして、一年も経たないうちに地元の狐たちに貪り食われた。狐たちはその後、大喜びで引っ越してきて、チェン家の屋敷も、ジョウ式の礼儀作法も、衣類も、当然ながら頭蓋骨も勝手に使いはじめた。チェン家の老当主はとっくに兵士たちに殺されていたので、狐たちは代用として、目鼻を彫った蕪を棒の先に刺してやりくりした。老当主がしかつめらしくうなずいたり、不服そうに首を横に振ったりするときには、そばにいる狐の一匹が前足を伸ばし、棒をそれらしく揺すってみせるのだ。

門を叩き壊して入ってきたホー・ティー・タオはこうしたことをすべて看破し、次に応接間に入っていくと、母狐が蕪頭の夫、妹である叔母狐、子狐たちを従えて座っていた。食卓は朽ちた井戸の蓋で、その上には狐の大好物である臓物、腐りかけの土竜《もぐら》、カビだらけの紫芋、枯れ木の下から掘り出した白蟻《しろあり》の幼虫の山が並べられていた。

ホー・ティー・タオはそんなものに興味がなかった。大事なのは、息子狐の傍らで、花嫁の頭飾り代わりに腐った白い埋葬布で頭を覆っている女学生デューだけだ。

「おやおや、婚礼の儀式みたいだな」とホー・ティー・タオは少し驚きながら言った。自分の愛情をデューがこれほど軽んじていたとは思ってもいなかった。

「ええ、婚礼ですとも。あなたは招待されていませんよ」と母狐はぴしゃりと言った。

「私は虎だ。どこへ行こうと、招待されている」とホー・ティー・タオは言い返した。

「私がお招きしたんです」とデューが不意に言い出し、花婿の傍らで立ち上がると、ホー・ティー・タオの腕を取った。

食卓につくと、ホー・ティー・タオは清酒（狐にも多少の作法があるので、これは本物の清酒だった）の入った小さな盃《さかずき》がデューの前に三つ置かれているのに気付いた。デューはすでに二杯飲み干している。もしも三杯目を飲んだら、いくら虎でも手出しできなくなる。そうなればデューはこの狐一家と婚姻関係を結んだことになり、それは決して取り消せない。

「今すぐここを出たい」とデューは言った。不運に見舞われながらも、これ以上ないほど落ち着いている。「助けられる？」

「できるとも」とホー・ティー・タオは答えつつも、デューがこれほど早く新しい夫を見つけたことに少しばかり気分を害していた。「それで、何をくれる？」

「私の髪を」とデューは答えた。ホー・ティー・タオが最初の夜に、何度も繰り返し髪を撫でてくれたことを覚えていた。

「お前の頭についていたほうがいいから、それはいらない」とホー・ティー・タオは言った。

「それじゃあ、私の右腕をあげる」とデューは二日目の夜のことを思い出しながら言った。

「一口分にしかならないし、腕もお前にくっついていたほうが役に立つ。だから、駄目だ」

　ホー・ティー・タオは思案した。

「首にかけている、その緑の翡翠の欠片を寄越せ。いつも手でいじっているやつだ。それをくれ」

ホー・ティー・タオにとって意外なことに、デューは首を横に振った。

「これはあげられない」とデューが言うと、ホー・ティー・タオは激怒した。

「ここに留まって、狐の子と結婚したいようだな」とホー・ティー・タオは言下に言い返した。「それなら結構だ」

ホー・ティー・タオは立ち上がって出ていこうとしたが、デューが引き留めた。

「ここから連れ出してくれるなら、これから共にする食事のすべてをあなたと分かち合う。すべての料理の最初の一口をあなたに食べさせ、すべての盃をあなたに最初に飲ませる」

デューの言葉を聞き、ホー・ティー・タオは度肝を抜かれた。その心臓は偉大なるキエウ族の狩猟太鼓のように鳴り響き、その目は深い森の奥で水溜《た》まりに映った月のように見開かれた。

「おお」とホー・ティー・タオは言った。「おお」

「そんなことをしては駄目！」と母狐が口を挟んだ。「虎っていうのは、人を騙すだけの気難しい道楽者だってみんな知ってるよ！」

「きっと、あんたに子どもたちの面倒を見させて、自分は浮遊する幽霊宮殿での酒盛りに行くよ」と叔母狐も言った。「きっと四六時中、独りぼっちにさせるよ。狐は絶対にそんなことをしない」

蕪頭の主人が揺れて力強く同意したが、息子狐はただ緊張して見ているだけだった。というのも、自分がどんな夫になるのか想像もできておらず、花嫁を巡って虎と決闘した場合の戦い方については尚更分かっていなかったからだ。

「その言葉は本気か？」とホー・ティー・タオは尋ね、デューがうなずくと、前足を伸ばして花嫁の頭飾りをはぎ取った。

「了解した」とホー・ティー・タオは言う。「目を閉じていろ」

デューは言われた通りにしたので、狐たちが殺される音を聞いただけで、目撃はしなかった。末の子狐が丸ごと平らげられるところも、成獣だった姉妹狐が、頭を食いちぎられる前に背骨を折られるところも見なかった。息子狐は逃げ出し、首飾山脈までたどり着いてそこの虎と一悶着《もんちゃく》起こすことになるのだが、もちろん、これはまた別の話だ。

ホー・ティー・タオは繊細な性格で、大量の血で花嫁に呆れられたくなかった。デューの衣は血しぶきで汚れ、履物も駄目になってしまったが、女学生が強風に煽《あお》られた松の木のように震えていながらも、しっかりと目をつぶっているのを見て、ホー・ティー・タオは嬉しくなった。

「もう大丈夫」とホー・ティー・タオは言った。「おいで。もっとましな寝床を見つけてやろう」

ホー・ティー・タオは狐の墓場からデューを連れ出し、枝ぶりの良い赤松の下の軟らかな地面まで来ると、そこでデューの衣と履物を脱がせた。もちろん、衣類が台無しになっていたからだ。その後、太った子豚を仕留めてくると、デューの好みの加減で焼かせ、一番いい部位をしかるべき報酬として新妻のきれいな指から食べた。

＊＊＊

「私はこっちのほうが好きだな」と、よりによってスーウィが言った。

「こびへつらう食い物など嫌いだ」とシン・ローンが冷淡に言うが、スーウィは首を横に振った。

「詩については分からないわ。いい詩だけどね……それより、デューが食べるすべての料理の最初の一口、ってところ？　あそこが最高だと思う。愛とかその手の言葉を好まない昔ながらの戦士の話し方よね。いまだに祖父が祖母に向かって言うの。『俺の食事の最初の一口は必ずお前にやろう、この愚妻め』って。虎もそう言うだなんて知らなかった」

「私たちから伝わったに違いない」とシン・ローンが尊大に言う。「虎が使う表現だ。どうした、聖職者？　困惑しているようだな」

「そうなると、この時点で、デューは虎と結婚したということですか？」

「無論、そうなる。実際、デューのほうから結婚を申しこんだのだ。だからこそ、のちの彼女の裏切りが余計に深刻なものとなるわけだ」

「デューは自分が何をしているのか分かっていなかったはずです」とチーは抗議した。「デューは虎ではなかったわけですし、虎が身近にいるような環境で育ったわけでもありません。古典に造詣が深く、独創的な詩を書き、名著を暗唱することもできましたが――」

「じゃあ、すべての食事を分かち合おうとか、同じ皿から食べさせるとか、同じ盃から飲ませるとか申し出ることが、他にどんな意味を持つって言うの？」とシン・カムが単刀直入に訊き、チーを一瞬黙らせた。

「それには、あなたが思うよりも多くの答えがあるのです」とチーははぐらかした。

実際にそうなのだが、虎にとって本当に大事な答えは一つきりだということも分かっている。チーは適切な注釈を加えた。

気温はまたしても下がり、雪は絶え間なく降りつづいている。チーが立ち上がって脚を伸ばし、薪をくべていると、その間にシン・ホアが暗闇の中へのっそりと入っていった。そして、驚くほど短時間のうちに、殺したての痩せ細った白い野兎の死骸を咥《くわ》えて戻ってきた。虎にとっては一口分だろう。シン・ホアは外科手術のような巧みな前足さばきで兎の腹を裂き、近寄ってきて、チーの手の中に落とした。

「お食べ」と虎は上品に言った。「物語の語り手を飢えさせるなんて、私たちの流儀じゃないからね」

これを食べたら、法律上あるいは慣習上、虎の三姉妹に束縛されることになりはしないか、とチーは尋ねたくなる衝動をこらえた。もしそうだとしても、あとで考えればいいことだ。

スーウィは兎をチーから受け取り、皮を剝ぐ前に内臓を引きずり出し、小さな心臓と大ぶりな肝臓を切り取って、チーに差し出した。

「どちらか、どうぞ」とスーウィが言う。「もう片方は私がもらうから」

興味をそそられたチーは心臓を選び取り、スーウィが肝臓を口に放りこむと、自分もそれにならった。

何より印象深かったのは、心臓がまだ温かかったという点だ。チーは鋭い前歯で心臓の硬い筋肉をきれいに切り裂き、少し咀嚼しやすくした。ほぼ鉄と血の味で、あまり食べつけない風味だったが、吐き気を必死でこらえて素早く呑みこむと、目もくらむような温かさと満足感が押し寄せてきた。午後に馴鹿肉《トナカイ》を食べてから何時間も経っていたし、夜明けまではまだしばらくありそうだった。

「これで私たちは結婚したことになるわね」というスーウィの厳かな言葉にチーは一瞬ぎくりとしたが、スーウィが笑い出したので、怒った顔つきで睨《にら》みつけた。

「ふざけていい状況ではありません」とチーが言うと、スーウィは肩をすくめた。

「だって、最悪の事態になっても、ピルークだけは解放するって言ってくれてるのよ。バオソーだってまだ息がある。それに、あなたの物語が終わるまでは、私たちは食べられることはない。一体、私は今、何を不安がるべきなの？」

「我らの結婚の儀式を茶化したことでは？」とシン・ローンが言い出した。

「私は自分の結婚を茶化しただけ。問題ないわ」とスーウィが言い返した。チーは、スーウィの一族が二百年もの間、古代象《マンモス》偵察隊に在籍しつづけている理由に薄々気付きはじめていた。おそらく、偵察隊の外に出しておくには危なっかしいたぐいの人々なのだろう。

スーウィが焚火にかけた鍋で兎を調理している間、虎たちは辛抱強く待ち、スーウィとチーが兎を食べている間でさえも虎たちは辛抱強く待ち、スーウィができる限り楽にしているかと古代象《マンモス》の様子を確認しに行ったときだけ、虎たちは少し落ち着きをなくした。ピルークはそわそわして、鼻を前後に揺らし、頭を低く下げていた。小さな黒い瞳は、チーには見えない何かを凝視しているらしい。時折、ピルークは口を閉ざしたまま、それでも激しく口元を動かして唸る。スーウィは飼い葉桶《おけ》から餌をひと摑み差し出したが、ピルークに完全にそっぽを向かれてしまい、顔をしかめた。

「神経質になってる」とスーウィが言う。「食欲がないなんてほとんど初めてよ」

「どうしてだろうなあ」と何食わぬ顔で言ったシン・ローンを、スーウィは睨みつけた。

最終的に、それ以上の時間稼ぎはできなくなり、チーは焚火のそばに座り直すと、話を続けた。

## 9

虎はチェン一族のしつこい亡霊退治を思う存分楽しんだ後だったので、朝になって女学生デューが立ち去ったときにも目を覚ましませんでした。

デューがアーンフィへの道を進みつづけると、やがて道幅は広くなり、少し安全にもなりました。しばらくの間、綱渡り芸人や曲芸師たちと共に旅をしたかと思えば、まぶたに大きな瞳を描いている若い女を旅の道連れとしたときもありました。この女はデューの頭の膨らみを触り、奇妙ながらも満足のいく性愛を得られるでしょう、と未来を占ってくれました。それから女は、この宿屋の二階の寝床もなかなか奇妙なのよ、と暗に誘ってきたのですが、デューは丁寧に断りました。これ以上ややこしい人生は望んでいなかったからです。

デューは虎が後ろについてきているとすぐに気付いたのですが、だからといって旅が楽になるということはありませんでした。虎は山や森にいたときのように大胆には動けません。そのため、人間に化けてデューを尾行せざるを得ず、四つん這いではなく、二本の脚で歩き、人間のように食事をしなければなりませんでした。

虎が声をかけてくることはなかったものの、デューが目覚めるとしばしば、枕元に焼いた肉か何かがありました。彼女が目覚める直前に、葉で包んで置かれたのでしょう。どんな野獣にも負けないほど、虎が自分に恋をしているのだと理解したデューは愕然《がくぜん》とし、心が恐怖でいっぱいになりました。

幾日かすれば虎が飽きるのではないかとか、南の開墾された土地、兵士や猟師や呪術使いの存在などに虎が悩まされるようになるのではないかとか、デューは淡い期待をかけました。時折、虎が数日間鳴りを潜めることがあったものの、デューが少し安堵した途端、黒焦げの兎や割って炙《あぶ》った牛の背骨といった贈り物でまたもや目覚めて、視界の隅に一瞬、橙色が見えたり、喉を鳴らすような柔らかな鳴き声が聞こえたりしたものでした。

虎が何か仕出かすということはなかったものの、都に入るためにアーンフィの三重の門をくぐったとき、デューは虎がこんなところまでやって来たことに一際恐怖を覚えました。

当時の都はクー王朝の最後の砦《とりで》であり、斜陽の輝きであり、消えんとする魔法の墓場でもありました。没落する帝国内で、神に頼んで喉に第二の口を授けてもらったミドゥ歌手たちの歌を聴ける最後の場所であり、弾圧されても屈しない頑強なカン・ラン派が、石を割って中に見える水晶の鉱脈や鉱物の結晶から未来を占ってくれる最後の場所でもありました。アーンフィの街中の獅子の旗は、時には死を、時には珍味を求める貴族の指のように空中でうごめき、花水街の格子窓の向こうでは世界中から集められた美女たちが何かを企み、計画し、死と野望の千物語を生み出していました。

アーンフィという都市が息を引き取る寸前なのか、それとも再び立ち上がるのか。後者の場合には自力でなのか、はたまた異国からの新しい骨組みを得てその表皮を支えてもらうことになるのか、判然としませんでした。都とその行く末は、踊る稚児の腰衣のように目まぐるしく回っていました。そんな中で、デューはいまだに虎につきまとわれていることに気付いていました。

デューの心臓は、〈獰猛なる翡翠堂〉に入ると考えただけで震えかねませんでしたが、それでもデューは十八年間、古典と歴史からの教訓を学んできたのです。国の法律のみならず、天上で書かれた法をも熟知しており、そこでは《人には人の居場所があり、獣もまた然り》という点が強調されていました。

皇帝は宮殿に、商人は蔵に、農民は畑に、学者は知識の殿堂に、屍は墓場に住んでいるものです。法文に人間の友として書かれている動物たち（鶏、牛、犬、羊たちのことです）は、宮殿であろうと納屋であろうと、人間の世界に住みます。法律が野生と見なした動物たちは、森か山の中に暮らします。猫や山羊、兎など、どっちつかずの動物もいますが、虎となれば間違いようがありません。

いつしか、デューは虎が何か恐ろしいことをするのではないかと思うようになりました。幼い亡霊を退治したように、人の子を殺すかもしれません。あるいは、どこかの高位高官の屋敷をみずからの縄張りと主張したり、下手をすれば、高官の妻をも我が物としかねません。そうなれば……

禁じられた場所に入ってきた野生動物は殺しても構わないとされていることを、デューは知っていましたが、そうは言ってもあの虎には命を救ってもらった恩があります。

デューはある決断を下し、有り金全部をはたいて設備の整った茶館の一室を借り、太った子豚四匹を解体してもらいました。そして、肉には火を通さないまま、香草をまぶすだけにしておき、玄関先の階段に子豚の血を垂らしました。

アーンフィに日が沈み、亡霊が出そうな夜闇に最初の明かりが灯《とも》される頃、人に変身しているホー・ティー・タオが感心したようにあたりを見回しながら姿を現しました。

「そうだな、都会で暮らすのも悪くないかもしれない」とホー・ティー・タオは言いました。デューは食卓まで案内し、手ずから子豚の背中や腹の肉を小さく切り取り、虎の口の中に放りこみました。

屏風《びょうぶ》の向こうでは賢そうな少年が月琴をかき鳴らし、ホー・ティー・タオは絹の座布団にもたれながら、自分では手を動かそうとせず、口に運んでもらえるまでデューの手を小突きました。デューはほほ笑み、袖先が血で汚れていることなど意に介さず、食卓の上が骨だけになるまで虎に肉を与えつづけました。ホー・ティー・タオは満腹になると、頭をデューの膝の上に載せました。

「一年間は都にいよう」と虎は眠たげに言います。「その後は、山で一年暮らしてみて、二人でどちらがいいか決めればいい……」

デューは無言を貫き、指をホー・ティー・タオの手首に這わせて、脈が遅くなっているのを確かめました。

ようやくホー・ティー・タオが眠ると、屏風の向こうから月琴を手にした少年が現れ、虎の状態を確認しました。

「いやあ、古代象《マンモス》の子を一頭倒せる量の芥子《けし》の実だったんですよ」と少年は言いました。

「絶対に傷つけないでね」とデューは心配げに言います。「人食い虎じゃないの。えっと……少なくとも、都に来てからは誰も殺してない。悪いこともしてない……」

「傷つけたりしたら、僕は熊の巣穴に身投げします」と賢い少年は鼻息荒く言いました。この少年は、のちに著名な捜査官ウェン・ジロンとなります。「大丈夫。檻《おり》に入れて、海路でランリンまで運ぶつもりですから」

「つまり」とデューは言います。「そこなら虎も安全なのね？」

少年は怪訝《けげん》そうな顔をしました。

「まあ、都に虎がいなくなれば、僕らにとっては安全になりますね。それに、虎はランリンに到着して目覚めたら、あたり一帯で暴れまわってから逃げていくでしょうが、ランリンには弓の名手も有名な猟師もいないことはご存じの通りです。ですから、虎にとっても安全と言えるでしょう」

デューがそれに何か言い返す前に、男たちが護符と鎖を手にして虎を捕縛しに来ました。ほどなくして、アーンフィへの貢献に対する国からの感謝状と、咬み痕だらけの豚の骨だけが、独りぼっちになったデューの手元に残されました。

＊＊＊

チーはここで少し間を置いた。

「デューがすべての食事をまずはホー・ティー・タオに食べさせることになっていたのなら、疑われなかったのも道理ですね……」

意外なことに、シン・ローンが大らかと言ってもいい表情でこちらを見つめている。

「この話がどんなにくだらないか、お前は分かっているんだろうな？」

「聞いた通りにお話ししています」とチーは言った。「語り手に向かって、話がくだらないと言うのは、私の流儀ではありません」

「しかし、お前は疑ったことがないのか？　ただの一度も？」

「この話はごく幼いときに聞かされました。私たちはこういった話にはあまり疑問を持たないものです」

「では、今、疑うがよい」とシン・ローンは言った。四年目と五年目の侍者たちを指導する、聖職者ルージャオを彷彿《ほうふつ》とさせる話しぶりだった。とはいえ、聖職者ルージャオは、道を誤った者たちに対しても反省文を書かせるだけだ。シン・ローンならば、はるかにひどいことをしかねない。

チーが思案していると、シン・カムが長い尻尾を前後にさっと動かし、顎をどさりと前足に載せた。

「あんたが面食らって、不安になってるってことは匂いで分かるよ」と末の妹は得意げに言う。「そっちの偵察隊隊員にはスーインに炭鉱作業員の恋人がいることも、匂いで分かる。そこの古代象《マンモス》が眠りたがってるけど、警戒を緩めるわけにはいかないと感じていることだって、匂いで分かるね……」

「つまり、古代象の子を倒すほど大量の芥子の実なら、ホー・ティー・タオは確実に嗅ぎつけたはずよね」とスーウィが言った。「デューが何を自分に食べさせているのか、はっきりと分かったに違いないわ」

「なるほど……」とチーは言い、考えこんだ。「そうなると、デューを心底愛していたということになりますね」

シン・ローンが一回だけ手を叩き、不満を表明した。

「そのことはお前が語る悲しい話の中で、何を意味する？」とシン・ローンは質《ただ》した。

「ホー・ティー・タオのような偉大な虎でさえも、詩を読む痩せっぽちの学生に恋煩いして、そのためなら水牛のように薬漬けにされるのも厭《いと》わなかったとでもいうのか？　ホー・ティー・タオはみずからの愛をそんなに安っぽいものと考えたせいで、ランリンに送られ、港の労働者を震えあがらせたとでもいうのか？　そのことは何を意味している？」

「これは虎から聞いたものではなく、人間たちの間で語り継がれている話なのです」とチーは言い、座り直して、じっと待った。

シン・ローンはチーを睨みつけると、威厳のある態度で背筋を伸ばした。

「よかろう。しかし、言っておくが、今度もしも同じ話がまた耳に入ったら、話の先を待たずに語り手を平らげてやるからな」

言い伝えというのは広まるのに時間がかかるものです、とチーは言いたかったが、すぐにシン・ローンが再び話しはじめた。その声は物語で妹たちをあやす姉らしい寛いだ抑揚を帯びていた。

＊＊＊

赤松の枝の下、ホー・ティー・タオは女学生デューと一週間を過ごしたが、ある朝気付くと、デューは衣を洗って、狐の血を落としてから着直していた。わずか一週間ぶりのことなのに、再び衣をまとったデューが奇妙に見えて、ホー・ティー・タオはそれを気に入ったのかどうか自分でも分からなかった。

「衣を脱げ」とホー・ティー・タオは言ってみた。「こっちにおいで。そしたら、お前の好きな焼き加減で兎を調理してやろう。まずは私が食べさせてもらって、その後にお前に食べさせてやる。眠気が来て、私に接吻《せっぷん》してもらいたがるようになるまでたっぷりな」

「無理よ」とデューは申し訳なさそうに言う。「アーンフィに行かなくちゃならないの」

「おやおや」と虎は言った。「なら、私も一緒に行こう」

ホー・ティー・タオは女学生のあとを追って、海沿いの、格子造りの家々が建ち並ぶ都市アーンフィまでやって来た。アーンフィは海底に沈んだ都パンアーの孫と言ってもいい存在で、先祖の優美さをまるで受け継がなかった子孫とでも言うべき大都市だった。その都市には、本物の夜闇を押しとどめるために窓辺に灯した行灯の鯨油や、体臭を誤魔化すために塗りたくった牡丹《ぼたん》油など、一万もの人間を押しこめたようにいろいろな臭いが漂っていた。アーンフィには何百万もの食べ物があり、羊に馬、天竺鼠《モルモット》、海狸《ビーバー》に至るまで何でもござれだったが、ホー・ティー・タオは何を食べても不快な後味を感じずにはいられないように思った。その後味は、この場所が死にかけていることと、復興は困難を極めるだろうということを暗に示していた。

二人は上質なお茶と微かな裏切りの香りがする茶館にたどり着き、ホー・ティー・

タオはひとまずそこにデューを落ち着かせた。怯《おび》えた使用人たちが食卓まで運んできた四匹の子豚は、十分に満足できる代物で、ホー・ティー・タオは可愛い妻の手から食べさせてもらう料理に機嫌よく舌鼓を打ち、我が世の春を謳歌《おうか》していた。

「一年間は都で暮らしてみるか」とホー・ティー・タオは言った。「その後、山に戻って一年間暮らそう。そうすれば、どちらが好きか分かるはずだ。とはいえ、今から断言できるぞ。山のほうを選ぶに決まっている」

しかしながら、デューは神経過敏な新妻で、まだ虎の流儀に慣れていなかった。おそらくホー・ティー・タオの鋭い鉤爪を見て不安になったか、あるいはホー・ティー・タオのとてつもない牙に目を奪われ、あれこれ考えてしまったのかもしれない。どういうわけがあったにせよ、翌日、目覚めたホー・ティー・タオは独りぼっちだった。一緒に寝床に入ったはずの妻の姿はなく、その代わりに、部屋の敷居の前にひざまずいて、冬の葉のように震えながら作り笑いを浮かべている女がいるきりだった。

「お部屋の代金は、奥様からいただいております」と言う女の声は柔らかく、震えていた。「今後しばらくは私どもで、お食事と精一杯のおもてなしを――」

「それで、妻はどこだ?」とホー・ティー・タオが尋ねると、女は首を横に振った。

「奥様は、〈獰猛なる翡翠堂〉まで試験を受けに行かれました」と女は口ごもりながら言った。怒りが増すにつれて、ホー・ティー・タオは人間の外見を維持するのが難しくなっていった。体が大きくなり、気はさらに荒立ち、口から出るのは言葉というよりも唸り声に近くなった。

「それで、妻は私のために食べ物を用意させていかなかったのか？　私を起こして、見送ってもらいたいとも思わなかったのか？」

すると、女が呻くような声を漏らし、その声があまりに癪《しやく》に障ったので、ホー・ティー・タオは一跳びに女を襲い、首をへし折り、嫌な声を出すのをたちどころにやめさせた。

死体を朝食にすればよかったものを、ホー・ティー・タオは怒りに任せて唸るだけだった。口まで運んでくれる妻がいなければ食事にならないというのに、肝心の妻の姿がどこにもない。足下には殺したばかりの女が転がっていたが、激昂《げきこう》したホー・ティー・タオは死体をまたぎ、妻を捜しに街中へ出ていった。

# 10

チーが震えているのは、寒さのせいばかりではない。焚火をかきたてたものの、夜闇に対してはまるで太刀打ちできていない。思い切って火の間近に座ると、スーウィがバオソーを抱えながら体をぐっと寄せて来た。

シン・ローンが冷ややかにほほ笑んだ。

「飢えた虎がかつてのアーンフィのような街で何をするかと考えると、恐ろしくなるか？　殺されたかもしれない人々のことを思っているのか？」

「はい」とチーは答えた。聖職者としてのふさわしい振る舞いや知的好奇心を見失ったときには、正直さを働かせるしかないと教えられてきたのだ。「ホー・ティー・タオは怒り、機嫌を損ねていました。アーンフィは当時最大の都市でしたから、戸口から五歩も歩かないうちに誰かに出くわし、傷つけたはずです」

シン・カムは首を横に振った。

「ううん、ホー・ティー・タオは機嫌を損ねてなかった。というか、機嫌がどうのこうのって状態じゃなかった。打ちひしがれていたんだ」

「それで、目の前を横切る人間すべてに八つ当たりしに行ったわけ?」とスーウィが憤慨して訊く。「とんでもない話ね」

「じゃあ、あんたは前回、失恋したときにどんなことをした?」とシン・カムがずけずけと尋ねた。

「叫びまくったわ!　参加資格がある長期巡回には全部参加して、一緒に配属された隊員みんなに迷惑をかけた。ピルークの毛を延々と梳かしつづけて、まだ赤ん坊の従弟のために縮絨《フェルト》の外套を作れるぐらい毛を集めた。人殺しはしなかったわね」

「だけど、殺したかったんじゃないの?」とシン・カムが訊いた。その声にはどこかしら真剣な響きがあった。

スーウィはためらった。チーは強く興味を引かれ、スーウィを注視した。

「あの女は私と別れた後、私に説明の機会も与えずにイングルスクに赴任していったの」とスーウィがようやく言った。「そうね、殺したかったかも」

「でも、あんたは殺さないだろう」とシン・カムが言った。「私だってしない。ホー・ティー・タオだってそんなことしないよ」

「ホー・ティー・タオは殺した」とシン・ローンは冷徹に言った。「当然、殺したさ」

「冷静に考えてみると、お姉様、それはあり得なさそう」とシン・ホアが言う。「もしも人を殺していたら、今でもホー・ティー・タオの頭蓋骨がアン帝国の門の上で晒《さら》しものになってるはず。だから、あり得ない」

「当然、殺したんだよ」とシン・ローンは言い、視線をチーのほうに向けた。「聖職者よ、私が話してやった物語を心して書き留めるのだ。愚かな妹たちの言葉ではなく」

チーはうなずいた。脚注というのはそういうときのためにある。チーは大きく息を吐き、白い呼気が火明かりの前に広がるのを見つめた。疲労のあまり、体が震えて、目が潤む。

「続きを話しましょうか？」とチーは尋ねた。

シン・ホアは再び居眠りを始め、シン・カムは熱心にうなずいた。シン・ローンはしばらくしてから分厚い手を振り、賛同を示した。

＊＊＊

その後、デューは試験の準備をするよりほかありませんでした。都に入った今、是非加わりたいと願ってきた階級、国お抱えの学者という地位はこれまでになく近く感じられます。そんなとき、それぞれ自分の屋根付き牛車に乗っている学者二人が、通りで出くわしたところを見かけました。二組の行列は睨み合い、双方から怒鳴り声があがりました。中でも誰より大声を出していたのが、名誉ある学者二人であり、着用が許されている黒い裏地付きの赤い官服をまとい、長い袖を振り回しているその姿は激昂した雄鶏《おんどり》のようでした。

あまりに雄鶏そっくりの学者たちの姿に、デューは開いた口がふさがりませんでした。わずかばかりの餌か、はたまた大通りでの優先的な通行を巡ってか、互いに蹴り殺さんばかりの勢いです。赤い官服を着て、道で怒鳴っている自分を想像しようとしましたが、デューにはできませんでした。おそらく、想像したくもなかったのでしょう。

ようやく〈獰猛なる翡翠堂〉まで来たデューは、虎の穴に入るような心持ちでした。実際に虎の穴に入ったときでも、ここまでの恐怖や緊張を感じなかったと思わずにはいられません。

これが私の定めだとデューは思い、雄鶏や虎の姿をした雑念を払いました。

デューは、会場にやって来た最後の受験生でした。水時計がもう一巡すれば、扉は閉ざされ、四年後まで開かれることはありません。

扉の前にいるのは頬のこけた男で、濃い橙色の衣を着ているので試験官でしょう。試験官はデューの旅装束とみすぼらしい身なりを、表に出さないようにしつつも、完璧には隠せていないほどの軽蔑を込めて見つめました。それからデューの翡翠の欠片を、何枚も重ねた鏡玉《レンズ》で仔細《しさい》に調べ、偽造ではないことにがっかりしたようでした。傍らに控えた犬たちをけしかけるわけにもいかず、試験官は翡翠を返すと、全受験者が会場に入る際に答えねばならない三つの質問を投げかけました。

デューは当然、その質問を暗記していましたし、それぞれの質問に、はい、と答えさえすれば入場できることも知っていました。家庭教師が言っていたように、この三問は試験において最も簡単なもので、難問はその後に来るため、ただ楽しんで答えればよかったのです。

門前の試験官は机のところから立ち上がろうともせず、疲れた視線を投げてきました。きっと、この日だけで八十回もこの質問をしてきたのでしょう。

「汝《なんじ》はこの〈獰猛なる翡翠堂〉に、無理強いされることなく、みずから望んで入るか？」

「はい」とデューは答えました。紛れもない真実でした。疲れて本の上で居眠りしないように、三つ編みにした彼女の髪を壁に留めるような家族が背後にいるわけでもありません。デューが合格点を取って会場から出てくるまで人質となっている恋人がいるわけでもありません。門の前にデューを立たせているのは、みずからの意志以外の何物でもありませんでした。

「汝は〈獰猛なる翡翠堂〉の規則を守ることを誓うか？」

「はい」とデューは答えました。不正を疑われて、試験官や過去の受験生の怨霊に殺されたくないからです。試験官が相手ならきちんと申し開きできるでしょうし、噂《うわさ》が本当なら、袖の下で取り成すこともできるかもしれませんが、死んだ受験生たちに対しては手の打ちようがありません。

「汝は試験に合格して出てきた暁には、皇帝陛下と貴族の権威と庇護《ひご》の下、帝国の天下における務めを拝受するか？」

デューは、はい、と言いかけましたが、心の底からはそう言えないことにはたと気付きました。自分が生き、これから乗り出そうという星の巡り合わせに思いを馳せ、これまでに受け入れ、その下で眠り、おのれの心をすでにゆだねた星の巡り合わせを思い出し、そのどこにも皇帝は一切関係ないのだと悟りました。ただ、そこには、橙色と黒色の残像と、ゆっくりとまばたきする翡翠のような瞳があるきりでした。

「いいえ」デューは自分でも驚きながら、そう答えました。「いいえ、できません。

できません」

デューは身を翻し、〈獰猛なる翡翠堂〉から立ち去りました。その間にも、背後で試験官が悪態をつき、扉が閉じられて、死刑執行人の下ろした刀のような音と共に閂《かんぬき》がかけられました。これで、デューは生きるつもりだった人生から隔てられたわけですが、急に駆け出しながら、自分がそのことをまるで、いいえ、そこまでは気にしていないことに驚きました。

デューが遠くの船着き場に走りつくと、船員たちが唸る虎を船に積みこむ方法を思案しているところでした。芥子の実はもうなく、虎の姿に戻ったホー・ティー・タオは檻に近づく者すべてに牙と爪で襲いかかろうとしています。

「私に任せてください！」とデューは叫びました。「私なら解決できます！」

船長はデューの猫背と貧弱な体格を見て、怪訝な顔になりました。

「あんたじゃあ、やつの一食分になるのがやっとだろう」と船長は言います。

「そんなことありません」とデューは言い張りました。「お願いです。私は虎を夢心地にさせられるんです。聞いてください。ただ聞いていてください」

船員たちは作業の手を止めました。虎の牙や爪で痛い目に遭わされたくはなかったからです。そして、少し後ろに下がりました。

「聞いてください」とデューはさらに穏やかな声で言い、虎の目をまっすぐに見つめるという、いかなる場合でも危険を伴う行為に及びました。「ただ聞いてください。《愛する人が去り、私は二度と笑わないだろう。愛する人は去り、すべての光を持って行ってしまった》」

虎は黙りこんで、檻の中から睨みつけます。船員たちは疑わしげに見ています。

「《私はひとり、月見のためのあずまやに座り、袖を涙で濡《ぬ》らしている。悲しみに目を奪われて、何も見ることができず、悲しみに舌を奪われて、何も話すことができない》」

虎が太く響く唸り声をあげ、デューはさらに近づきます。船着き場の船員たちのことも、背後の街の喧騒《けんそう》も、意識はしていますが、目の前にいる檻の中の獣よりも大事なものなどありません。

「《私は座して、涙を流し、目もなく、舌もなく、笑いもせず、光もない中にいる。私は座して、妻だけが差し出せる答えを待っている》」

とうとう虎が口を開きました。その言葉は夏の風のように柔らかく、デューの言葉と同じくらい穏やかで滑らかでした。

「《私はあなたのものです。だから、私があなたの光に、笑い声になりましょう。私はあなたのものです。だから、どうか目を開いてください、私の姿を見られるように。どうか口を開いてください、私が接吻できるように。私はあなたのもの、私はあなたのもの。二度とおそばを離れません》」

虎の口から出てきた詩人の言葉に、船着き場全体が静まり返り、やがてデューは檻の戸を開けました。

デューが放った虎は、最初の跳躍で檻から飛び出し、二度目の跳躍でデューを背中に乗せ、三度目の跳躍で、虎とデューはその場を去り、それっきり誰も彼女らを見かけることはありませんでした。

さて、以上が女学生デューの物語、彼女が虎のホー・ティー・タオと結婚するまでの物語であり、そうして――

＊＊＊

「やめろ。もうたくさんだ」とシン・ローンが吐き捨てるように言った。「その話には虫唾《むしず》が走る。このまま話を終わらせるなら、お前にも虫唾が走るだろう」

「そんなことは望んでいません」とチーは思わず口走り、シン・ローンの険しい目つきに気付き、少し咳払いをした。「あくまでも、これは伝えられ、書き残され、その後に私が聞いた話にすぎません」

シン・カムは首を横に振り、ややあって口を開いた。

「全然気に入らないなあ。詩のところは好きだよ。でも……でも、ほんとにあったことだとは思えない。ホー・ティー・タオが檻に入れられたなんてとんでもない。自分ではなすすべがなくて、女学生デューが解放してくれるのを待ってたなんて気に入らない。嫌な話だよ」

「なぜなら、事実じゃないからだ」とシン・ローンがぴしゃりと言った。「人間がでっちあげた与太話さ。女学生ごときが詩と数夜の愛でもって虎を手なずけられると思うとは、なんという愚かしさだろう」

「陛下……」とチーが口を開くと、束の間、シン・ローンの肩に緊張が走り、若草色の瞳にある種の凄みが浮かんだ。虎はここを限りに語りをやめさせることに決めたようだ。

すると、スーウィが声をあげた。その声は穏やかで、虎の殺気だった表情も、ピルークが鼻息も荒く、鼻を左右に揺らして、太い脚をそわそわと動かしている姿も、目に入っていないかのようだった。

「それで？　本当のところはどうだったの？」

シン・ローンはスーウィを睨みつけてから、怒ったようにうなずいた。

「よろしい。そんな戯言を信じたままでは死ねないと言うのなら」

＊＊＊

ホー・ティー・タオは三日三晩、アーンフィの街を徘徊《はいかい》した。終《しま》いにはあらゆる家の戸口に閂がかけられ、雌虎の腹は太鼓のようにからっぽになった。ホー・ティー・タオは怒りのあまり人を殺したが、悲嘆のあまり殺した人を食べなかったのだ。それどころか、次第に動きが鈍くなり、疲れも溜まり、頭の中には自分を嘲笑する亡霊やまぶしい光が溢れた。虎というのは長期間、食事なしでは身が持たない。ホー・ティー・タオも若い頃なら絶食を続けられたが、それは遠い昔のこと。空腹は痛みとなり、心に灯っていた火は消えかけていた。

とうとう、ある夜遅くに、ホー・ティー・タオはデューを見つけた。デューはまたもや婚儀の最中で、黒い縁取りの赤い衣に身を包み、雪面を照らす月光のように青白い顔をしていた。デューからは不幸の匂いがして、後悔の匂いがした。そして、街の騒々しさから遠ざけるための金色の格子の向こうに立っていた。

「これはこれは、随分と出世したようじゃないか」とホー・ティー・タオが怒りに任せて言った。「婚礼の席にこんなに大勢の客が駆けつけたとはな。それに、お前も実に幸せそうだ！」

「全然幸せじゃないわ」とデューは憂いに満ちた顔で言った。「私はとんでもない間違いをしてしまった」

「で、それはどんな間違いだ？」とホー・ティー・タオは尋ねた。デューの新しい配偶者について、ありったけの罵詈雑言《ばりぞうごん》を聞きたい気分だった。

「あなたに悪いことをした」ホー・ティー・タオの驚いたことに、デューはそう答えた。「あなたを置き去りにするなんて間違っていた。あなたを飢えさせたのも間違いだった。もし、今、私の手から食事をしてくれるなら、一緒に山へ帰って、あなたの名前こそ私が夜、口にする唯一の名前になる」

「私はお前の名前を知りもしない」とホー・ティー・タオは高飛車に言った。「お前に名を尋ねたことがないからな」

「今、尋ねて」とデューは頼んだが、ホー・ティー・タオはたとえ飢えにさいなまれていても、自尊心がとてつもなく強かった。

「花嫁衣装を着た女の名前など、訊くものか」とホー・ティー・タオは威厳をこめて言った。

「分かった」と金色の格子柵の中でデューは言い、招待客たちが怯えながらもすっかり見惚れている中、衣を脱いでいった。まず、黒い縁取りの入った上等な赤い衣を脱ぎ、次に、息を吹きかければ千切れそうなほど透けている、薄緑の肌着をはらりと落とした。それから、腰衣を脱いで蹴り飛ばしたのち、胸をぴったりと覆っている刺繡入りの布を外した。

「靴は脱がずにおくわ」とデューは言った。

「そこはまったく気にしない」とホー・ティー・タオは言いながら、デューを上から下まで凝視した。

「さあ、名前を尋ねて」

「空腹すぎて、そんなことは考えられない」とホー・ティー・タオは言いながら、足下の地面がするりと動いているような感覚に襲われていた。「お前の手からでなければ食べないのだからな」

デューはためらわなかった。自分の手を口元に持っていき、小さくて哀れな人間の歯ではあったが、その歯で手首に嚙みつき、ついには血を流した。ホー・ティー・タオは飢えと愛ゆえに気が遠くなった。

デューが赤く染まった手を格子の間から差し出すと、ホー・ティー・タオは貪欲に血を舐めて、ほんの一瞬、デューの手を口に咥えたところで我に返った。口を開いたホー・ティー・タオは至上の喜びに目眩を覚え、デューに向き直ってみると、幸せそうな笑みが見えた。

「私の名前を訊いて」とデューが言うと、ホー・ティー・タオは素直にうなずいた。

「名前を教えてくれ。今すぐに知りたい」

「私の名前はチュン・デュー」とデューが言うと、虎は一撃で格子柵を破壊し、自称花婿とその家族の叫びの只中から、デューをさらっていった。

ホー・ティー・タオと女学生は一緒に猪背山脈まで走り抜き、その後ずっと夜を共に過ごし、ホー・ティー・タオはすべての食事を妻の手から食べ、手首の傷に接吻をしてから、その他の部分にも口づけをしていった。どちらも骨になるまで満ち足りた食生活を送り、骨となった後さえも月明かりに照らされた歯のように白く、鋭く、幸福だった。

# 11

シン・ローンの話が終わると、六名全員が、ピルークも含めると七名全員が静かになった。虎たちの背後の空が少し明るんできたのではないか、空気が少し暖かくなり、呼吸しやすくなったのではないか、とチーは思いを巡らした。

「お話をありがとうございました、陛下」とチーは言い、話を書き留めていた手の筋を伸ばした。「私たちに話すご決心をされたこと、心から感謝いたします」

「そうでなくては」とシン・ローンが素っ気なく言った。「きちんと記録を取っただろうな。なにしろ、これからお前を食べるのだから」

「駄目だよ」とシン・カムが叫ぶと、姉虎は憮然《ぶぜん》として妹のほうに向き直った。

「私は空腹なのだ。お前だって同じはず……」

「ひとっ走り行ってきて、ふもとの農場から牛を一頭獲ってくるよ」とシン・カムが言う。「牛が見つからなかったら、農場にいる人間を一人持って帰ってくる。だから、聖職者に別の話を聞かせてもらおうよ」

「どうせ、ろくな話ではあるまい」とシン・ローンが反対した。

「そしたら、訂正してやればいい」とシン・カムは熱心に言ったが、シン・ローンは首を横に振った。

「訂正には飽き飽きだ。退屈したし、体が強張っているし、腹もすいた。わずかでも常識を持ち合わせているなら、お前も……」

姉妹の言い争う声にシン・ホアは目を覚まし、どちらでもいいから叩いてやろうと適当に前足を伸ばした。すると、シン・カムではなくシン・ローンの鼻に、あいにく鋭い一撃が当たり、唸り声があがった。そこでシン・ホアははっきりと目を覚ました。

スーウィはチーに身を寄せ、腕を摑んだ。

「いい？　合図したら、ピルークのお腹の下に駆けこんで」

チーがそれはどんな合図なのかと訊く間もなく、スーウィが耳をつんざくような口笛を吹いた。高音二回から、急降下して低音へ。

それに応えてピルークが大音量で咆哮し、三歩後退して大きな臀部《でんぶ》を納屋の隅に当てると、頭を下げて、いつでも突けるように短い牙を構えた。

ああ、これが合図に違いないとチーは思いながら走り出し、古代象《マンモス》の脚に向かって闇雲に駆けた。スーウィもすぐ後ろを走っている。チーは滑りこんで膝をついた。ピルークの垂れ下がった毛のせいでよく見えなかったものの、ふり返ったときにちょうどバオソーが突き飛ばされてきた。

「引き入れて、引き入れて！」とスーウィが叫んでいる。チーは歯を食いしばり、バオソーの外套をがっちりと掴み、必死で引きずりこんだ。毛のせいで前が見えず、外套の下で汗がにじむ。地面を何度も踏みつけるピルークの足が恐ろしくてたまらない。

古代象は同じ場所で足踏みを続けられるように、厳しい訓練をしているはずとチーは必死になって考えつつも、バオソーの体に腕を回し、思いっきり抱きしめ、ピルークの腹の真下の空間に身を縮めた。

「来てみなさいよ！」とスーウィが叫んだ。声は頭上から降ってきたので、チーはスーウィが再び鞍によじ登ったことを悟った。大きな打撃音が二回響く。スーウィが槍で納屋の梁を叩く音だ。「私たちを食べる食べるって、うんざりだよ。やれるもんなら、こっちに来て食べてみな」

「いやいや、勘弁して」とチーはつぶやいた。体が麻痺《まひ》し、それ以上強い口調でしゃべるには疲れすぎていた。

チーはピルークの前脚の間から、もはや二頭と一人ではない、三頭の虎を見た。虎たちは馬車馬のように巨大で、比較的小さい二頭が後ろに下がっていても、三頭目はそれを補って余りあるほどの巨体で、腹をすかしていた。

「私にできないとでも、隊員？　こっちはお前が思う以上のことができるのだぞ。そのちっぽけな棒と喚《わめ》き散らす幼い古代象《マンモス》で、一体何をするつもりだ？　お前を食べたら古代象は逃がすと言ったがな、もしもそいつがお前を守ろうとして怪我をしたら、気にせず食ってやろう」

シン・ホアと思われる妹虎が不意に突進してきて、あまりに素早く左に曲がったので、チーには緑色の目と獰猛に皺を寄せた滑らかな鼻面が一瞬だけ見えた。スーウィの指示を受けてピルークが鼻と牙を激しく振り回すと、虎の咆哮は悲鳴に変わり、それから尻に重々しい打撃を受けたシン・ホアは慌てふためいて後方へ逃げ戻った。

シン・ホアは退いたが、今度はシン・ローンが進み出た。頭を下げ、前足で微かに地面をかいている。

「どれくらい持ちこたえられると思っているのだ？」とシン・ローンは、答えにひどく興味をそそられているかのように尋ねた。「古代象一頭、槍一本、死にかけの男一人、お粗末な話しかできない素手の聖職者が一人……」

チーにとって意外なことに、スーウィはからからと大笑した。

「あら、あと少しだけって答えるべきかしらね、陛下」とスーウィは言う。「だって、もう少ししたら……」

そのとき、それが届いた。それは明るんできた空に当たって跳ね返ったかのような低く震える咆哮であり、間近であれば壁のようにそびえ立ったであろう、遠くからでも圧倒的な重みがある音だった。ピルークが金切り声をあげ、前足を踏み鳴らしたので、チーは動転して悲鳴をあげた。それから、ピルークも返答として独特な声で鳴いた。最初に聞こえてきた鳴き声よりも高く、力強さはないものの、よく通る声だった。チーは大喜びしそうになったが、一方スーウィは悲鳴をあげ、ピルークも大声で鳴いて、慌てて後ろ足で立ち上がった。すると、橙色と黒色の毛むくじゃらが、ピルークの背中から転がり落ちて、地面に叩きつけられ、直後にスーウィも槍を手放して落ちてきた。

シン・カムだとチーは思った。きっと壁際にまとめられていた干し草の山をよじ登り、梁から飛び降りたのに違いない。シン・カムが身を揺すって気を取り直し、スーウィの背中に食らいつくのを見て、チーは無言の恐慌をきたした。チーが何とかしようと動き出す前に、ピルークが進み出たものの、今度は他の虎二頭が迫ってきた。チーはピルークの後ろ足による一撃を避けるために、すんでのところで地面に身を伏せた。顔を上げると、ピルークが大きな頭を振り動かし、スーウィの体からシン・カムをはじき飛ばすのが見えた。

その大きさからあきらかにシン・ローンと分かる虎が吠《ほ》え、ピルークの鞍めがけて飛びついた。もしも虎の足が器用に毛を捉えるか、あるいはピルークの首筋までたどり着くかしたら……

そのとき、雷鳴のような重低音が響き渡った。二頭の古代象《マンモス》、片方は標準的な赤褐色、もう片方は額に灰色の斑点がある雌の古代象が、空き地に突入してきた。その巨体もさることながら、大きな鳴き声でもその場を圧倒している。チーは毒づき、うつ伏せになっているバオソーの体を納屋の隅まで引きずっていった。踏みつぶされる死に方は、食べられるのと同じくらい悲惨だからだ。チーがふり返った瞬間、虎たちの最後の甲高い鳴き声が聞こえ、そしてすべてが静まり返った。

私はまだ生きているとチーは驚いた。いや、心臓が胸に収まっている間だけの命かもしれない……

「下に誰か生きているやつはいる？　そうか……あんたはピルークだね？　スーウィ、スーウィ、どこにいる？」

崩れた干し草が広がり、木のような古代象の脚が乱立する中で長い時間が過ぎ、チーは返答の声がないのではないかと不安になった。

「こっちよ！　こっちだってば、ヒャンリー。ピルークをこれ以上怖がらせる前に、マリを下がらせて！」

スーウィの憤慨した声を聞いた途端、チーは納屋の壁にもたれてへたりこみ、この事態が始まったときから望んでいたように細かく震えはじめた。汗がどっと吹き出してくるのが分かる。姿勢よく座って、虎たちに話を披露するために使っていた力がすっかり、唐突になくなってしまった。

次に顔を上げたときには、熱心にバオソーの世話をする男が一人いて、それから背丈も体重もある女が一人、チーに手を差し伸べてきていた。スーウィがヒャンリーと呼んだ女だろう。チーはとっさにその手を握り、よろめきながら女の腕の中に飛びこみそうになったが、なんとか立たせてもらえた。スーウィが肩を叩いてきて、にやりと笑った。

「生還できるって思ってなかったんじゃない？」

チーが返事をする前に、バオソーが介抱してくれた男に肩を借りるようにして、支えてもらいながら立った。チーにとって意外なことに、バオソーには意識があり、少しぼんやりした眼差しながらも目の中に知性が感じられた。

「医者を連れて来て診察してもらわないと。それから、意識のないときに何かに取り憑かれなかったか、祈禱《きとう》師に確認してもらおう」

背の高い女がうなずいた。チーは疲れ切っているにもかかわらず、女の制服の肩に留められている古代象《マンモス》の毛の輪に興味をそそられた。スーウィの肩章は毛だけなのに、この女のものは彫刻された象牙の玉で飾られている。

「私らが〈大いなる星〉をボルソーンまで護衛しているところで、もっけの幸いだったね。日没になったら野営するつもりだったんだけど、マリが落ち着かなくて、足を止めようとしなかったんだ。マリがそうなったら、そりゃあスーニも従うからね」

スーウィはピルークをなだめていたが、顔を上げてにやりと笑った。

「みんなにとって幸いだったわね。助けてくれてありがとう。来てくれる前に、聖職者さんの話が尽きてしまうんじゃないかと心配だったけど、本当にちょうど良い頃だった」

「一体、どうして救助が来たと分かったんです?」とチーが尋ねると、スーウィは笑った。

「私じゃないわ。ピルークが分かったの。少し前から興奮気味だった。誰かに話しかけてる様子でね。見掛け倒しじゃないのよ、うちの子は」とスーウィはピルークにもたれて肩を叩きながら優しい声で言った。古代象はいかにも自慢げに体を揺らし、嬉しそうに鼻を乗り手の腰にぶつけた。

「この子はどうやって分かったんでしょう？」とチーは困惑して訊いた。

「我々には聞こえない鳴き声だよ」とヒャンリーが言った。「少なくとも、私はそう考えている」

「叔父さんによると、親族の絆《きずな》だって。どんなに遠く離れていても、いつでも親族と話ができるみたい。ピルークはマリの母方の遠縁だから、それでうまくいったんだと思う」

「あんたの叔父さんときたら、夏至には古代象に肉を食わせるべきだってまだ言ってるよ。あれはどうかしてるってば」

そこで不意に、二人はチーがその場にいることを思い出したようだった。つまらないことに文句を言っていると思われたくなかったのか、あるいは偵察隊の秘密を守ろうとしているのかは定かではないが、ヒャンリーが唐突に話題を変えた。

「それで、聖職者さん。あなたの経緯は？」

「峠を越えて、南のケフィまで行かねばなりませんでした。ありがたいことに、スーウィが番小屋まで案内してくれたのですが、そこで……虎が出ました」

ヒャンリーは笑い出した。その目は笑い皺に隠れて見えなくなった。

「確かに、『そこで虎が出ました』って状況だね。あれが巡回路で噂になっていた三頭なんだろう。これからは注意しておくよ。イングルスクも、近いうちにあいつらの皮に懸賞金をかけてくれるさ」

チーはその見通しに後悔の痛みを感じずにはいられなかった。もちろん、虎と同様に、人間の無法者にも懸賞金はかけられるものだが、これは……恥ずべきことのように思われた。もしもシン・ローンの頭蓋骨がイングルスクの氷壁に吊るされれば、あの雌虎が生きつづけるのはシンギングヒルズの記録保管所の中だけになるだろう。

「まあ、聖職者さんにとってボルソーンはちょっと寄り道になるけど、そこから誰かに乗せてもらえるだろうよ」とヒャンリーが話をまとめた。

「でも……まずは眠るんですよね？」とチーが哀れっぽく言うと、ヒャンリーは愉快そうに肩を叩いてきた。

「もちろんさ。私たちだって文明人なんだから。さあ、番小屋に入って横になりな。古代象《マンモス》に踏みつぶされたみたいな顔をしてるじゃないか」

チーはいきなりスーウィに抱きすくめられた。

「体がなまっている南の人間にしては、よくやったね」とスーウィは陽気に言った。

「少し寝てちょうだい。肉の夢でも見るといいわ」

チーは脚があまりに震えるので、番小屋の扉にたどり着く前に倒れてしまいそうだと思った。足下の地面は斜めに傾いているように見えるし、視界の隅にはまだ橙色と黒色の残像がこびりついている。

その場で立ったまま眠りかけたとき、チーは背後に気配を感じてふり返り、目を見開いた。

巨大な獣が耳のピンと突き出た頭を右に左に振りながら、空き地の端を悠然と歩いている。鞍は付けられていないが、湾曲した牙は磨かれた鋼で覆われ、その背中は番小屋の屋根を優に超える高さのように見える。牛よりもはるかに体高があり、はるかに体重もあり、まるで小山だ。

王家の古代象だとチーは心の中で思った。かつて、王家の古代象はコーアナムの浅瀬を渡った。こんな古代象が〈煌めく光の宮殿〉の門を破壊し、アン帝国に冬をもたらしたのだ……

チーは身じろぎもしなかった。ヒャンリーが〈大いなる星〉と呼んだこの雄の古代象は、ボルソーンにある厩舎《きゅうしゃ》に種付けに行くのに違いない。見学させてもらえるものだろうか。王家の古代象は空き地の隅を踏みつけたあと、鼻を鳴らし、それからチーのほうにゆったりと歩いてきた。身を屈め、鼻でチーの頭巾を外し、好奇心たっぷりに頭を嗅ぐ間、チーは動かずに立ち尽くす。王家の古代象の触り方は驚くほど繊細で、チーは鼻のひだをじっと見つめる。広がった鼻孔の上と下にあるひだは、器用に動いて、枝に巻きついたり、摑んだり、挟んだりするのだ。間近で見る雄の古代象《マンモス》は圧倒的な威容を誇り、帝国一つぐらい踏みつぶせるほどの硬い筋肉と毛皮の壁だった。「こんにちは」とチーはそっと声をかけた。「オールモスト・ブリリアントに是非、会ってほしかったな……」

王家の古代象は不意に、チーは問題ないと判断したらしく、方向転換して、空き地の縁の見回りに戻っていった。チーは最後にもう一度周囲を見回し、虎がいないことを確認すると、番小屋に入っていった。

# 謝辞

最初に、並外れた編集者であるルオシー・チェンに感謝します。誰よりも私の作品を理解し、いかなるときも応援してくれました。それから、エージェントのダイアナ・フォックスにも感謝します。最高の自分でいられるように、極力自分を抑えないようにといつも励ましてくれました。

Tor.com出版のチームも素晴らしかったです。ローレン・ハウゲン、モーディカイ・ノード、キャロライン・パーニー、アマンダ・メルフィ、サナア・アリ＝ヴィラニ、クリスティーン・フォルツァー、ローレン・アネスタ、アイリーン・ギャロに沢山の愛を送ります！

アリッサ・ワイナンズは、今回の表紙（原本）でも予想以上の作品を仕上げてくれました。最初に見たとき、私は思わずほほ笑み、見惚れずにはいられなかったほどです。

アミ・ベディ、クリス・チンワ、ヴィクトリア・コイ、リア・コルマン、エイミー・レプケ、メレディ・シップ、いつもありがとう！

そして、もちろん、シェーン・ホクステトラー、グレイス・パルマー、キャロリン・マルルーニーにも改めてお礼を言わせてください。これ以上の人材は望むべくもありません。

　人生は奇妙で、日毎にますます奇妙になっていくばかりです。そんな日々を分かち合える仲間がいることに、私はとても感謝しています。

# 解説

橋本輝幸

トー・ドットコム・パブリッシング（Tor.com Publishing）の編集者ルオシー・チエンは、公募に投稿された「塩と運命の皇后」の原稿を一気読みし、興奮のあまり金曜の夜遅くに編集部全員宛てにメールを出したほどに惚《ほ》れこんだという。だが、なにも本作は彼女の個人的な嗜好《しこう》にだけ合致したわけではない。二〇二一年、本書は世界ＳＦ大会《ワールドコン》の参加者の投票で決まるヒューゴー賞の中長編《ノヴェラ》小説部門を受賞し、初めてファンタジー書籍を出版した作家のうち最優秀者に贈られるクロフォード賞も獲得し、ほぼ無名だった短編小説作家ニー・ヴォを一躍注目の作家に押し上げたのだから。

　少しだけ背景を補足すると、アメリカの最大手ＳＦ・ファンタジー出版社のひとつトーは近年、中編を公募している。薄めの書籍は手に取りやすく、試金石に良いと気づいたのだろう。売れ行きや評判がよければシリーズとして刊行を続ける戦略だ。トーはここしばらくヒューゴー賞ノヴェラ部門を席巻していて、二〇一七年から二〇二二年の同部門候補作の実に八割近くがトーの出版物だ。代表例がマーサ・ウェルズ〈マーダーボット・ダイアリー〉シリーズである。同シリーズは日本でも各巻が星雲賞の参考候補作に選ばれ、『マーダーボット・ダイアリー』（中原尚哉訳、創元SF文庫）が第七回日本翻訳大賞にも輝いた。

何百もの投稿作の中から勝ち上がり、大きな期待を背負って出版され、みごとその期待に応えた本書は、ひとことでいうなら王朝ファンタジーだ。舞台はユーラシア大陸の東アジア周辺を連想させる土地で、現在はアン帝国の統治下にある。本邦の作品でもっともイメージが近いのは小野不由美〈十二国記〉や上橋菜穂子〈守り人〉シリーズだろう。ただし特色は、本シリーズは現在形ではなく過去形であること――過去に起こった事件を聖職者チーが聞きとる形式だということだ。読者は物語から虎や狐の妖怪が跋扈《ばっこ》し、北方ではマンモスが戦闘や騎乗に使われる作中世界を知り、そこで生きる生々しく強い女性たちを知る。

さて、本書には中編が二編収録されている。ひとつめの事件「塩と運命の皇后」では、六十年ぶりに魔法の封印が解かれ、かつて皇后が軟禁されていた屋敷〈栄える富〉がある〈深紅の湖〉が開く。そこに危険を承知で乗りこんだ聖職者チーは、残された品物を検《あらた》めて記録し、現地で出会った謎の老女ラビットから彼女が侍女として仕えた皇后の思い出を聞く。北の国から嫁いできた皇后インヨーは、浅黒くたくましい身体と聡明で君主にふさわしい強靭《きょうじん》な精神の持ち主だった。ラビットは宮廷で孤独だったインヨーに心から仕え、彼女が世継ぎになる男児を産んでたちまち地方に追放されると、共に〈栄える富〉にやってきた。

「虎が山から下りるとき」の事件では、チーと同行者は人間に化身する三頭のしゃべる虎に襲われ、『千夜一夜物語』の語り部シェヘラザードよろしく、ある虎の伝承を語り聞かせてなんとか気を引き、食われるまでの時間稼ぎを試みる。ところがこれまでチーが聞いていた伝承と、虎たちの間で知られる伝承はどうやらだいぶ違っているようだ。

本シリーズは作中でチーが所属する大寺院〈シンギングヒルズ〉から The Singing Hills cycle と名づけられ、二〇二二年六月時点では本書収録の二作が出版され、著者は四作目を執筆中だ。シリーズに共通するのは無名だったり、ないがしろにされてきたり、語り伝えられる中で好き勝手に尾ひれをつけられてしまった女性たちを描いていることだ。しかし登場人物たちは（もちろん！）ただかわいそうなだけの存在でも、純粋無垢なわけでもない。復讐を果たしたり、したたかだったり、好きに性愛を追求したりする。聖職者チーも、施しとしてもらったら食べないわけにはいかないのでといってちゃっかり肉食している。性愛といえば、女性同士の性愛関係はいずれの本書収録作でも当たり前のように存在する。レズビアン、バイセクシュアル、あるいはパンセクシュアルが珍しくないのだ。一方のチーは聖職者という役割に収まることで、どうやら男女二元の性別から自由な存在であるらしい。原文でチーの三人称単数形としてTheyが使われているし、著者はインタビューではっきりチーをノンバイナリーだと述べている。そんな本シリーズの登場人物が既存の結婚制度や、血縁に縛られた家を打ち破っていくさまは痛快だ。

探偵のように現場で物語を収集するチーの存在のおかげか、本書にはどこか歴史ミステリの味わいがある。歴史ものはしばしば、秘された歴史的真実を明かすという体裁を採用する。しかし本書はそもそも歴史の成立に対して慎重で懐疑的である。聞き書きの過程でも、伏せられたままの謎があったり、既存の話との食い違いにかえって真実がわからなくなってしまうこともある。見る者の文化や立場の違いで解釈も大きく変わる。それは決して避けられない。では、歴史の編纂《へんさん》なんて徒労にすぎないのだろうか？　いやそうではない。本書で歴史を収集する役割を担う聖職者たちは情報を安全に保管する技術を得たり、丹念な現地調査で新たに証拠を得たりして、実直に歴史の理解を深め、精度を上げていく。たとえばチーが所属する寺院では、聞いたことを忘れず記憶し、幼い鳥たちに教えて継承するヤツガシラをレコーダーがわりに用いている。帝国、後宮、歴史編纂のありかたをさりげなく批判的に追求する著者のストイックな姿勢は、聖職者チーが各地を回り、語りに耳を傾ける姿によく似ている。

著者ニー・ヴォはどんな読書遍歴の下、本シリーズを生み出したのだろう。彼女は幼少からSFやファンタジーの読書が好きだったそうだ。インタビューでお気に入りの作家トップ五を聞かれた彼女は、イタロ・カルヴィーノ（一九二三―一九八五、伊）、アンジェラ・カーター（一九四〇―一九九二、英）、アリエット・ド・ボダール（一九八二―、仏）、T・キングフィッシャー（一九七七―、米）、KJ・チャールズ（不明、英）を挙げている。納得の人選である。最初の二人は主流文学畑でも著名な作家だ。ヴォは表紙に惹かれ、七十五歳の元コーラスガールの回想録小説であるカーター『ワイズ・チルドレン』を手に取ったことや、マルコ・ポーロがモンゴル帝国皇帝フビライ・ハンに架空の都市について語り聞かせるカルヴィーノ『見えない都市』が人生の聖典であることを語っている。続く二人の作家は二〇一〇年代中盤以降のヒューゴー賞常連作家。最後のKJ・チャールズは、男性同士のカップルを書くことが多い歴史ロマンス作家だ。ニー・ヴォが先行作品から自由に執筆する意欲と勇気を得たのは明白だろう――存在しない人生や世界観を一から創り上げる喜びと、動物や人外種族の登場人物、中高年女性やクィア、アジア系が活躍する物語はまぎれもなく本シリーズに継承されている。

最後に、著者の略歴にも触れよう。ニー・ヴォはベトナムにルーツを持つアメリカ人女性で、一九八一年に米国イリノイ州のピオリアで生まれ、イリノイ大学アーバナ・シャンペーン校で政治学とメディア研究を学んだ。二〇〇七年からはウィスコンシン州ミルウォーキーに住む。二〇〇七年にSFウェブマガジン〈ストレンジ・ホライズンズ〉誌に短編小説が採用されてデビュー。しかし決して順風満帆の作家人生ではなかった。大学卒業以降、彼女は概ねフリーライターとして掃除機の部品のマニュアルから、ゴキブリの飼いかたまでありとあらゆる文章を書いてきたそうだ。二〇一二年以降は年に一～三作のペースで短編を発表していた。二〇二〇年、トーの中編小説公募で採用された中編「塩と運命の皇后」（本書収録）が初の著書として出版されて以来、矢継ぎ早にファンタジー長編 The Chosen and the Beautiful（二〇二一）と Siren Queen（二〇二二）を書き上げた。どちらも歴史ファンタジーで、アジア系アメリカ人のクィア女性が主役であるそうだ。ニー・ヴォは自らがクィア女性であると公言している。ボランティア活動に従事する中であらゆる人種、年代、体型の女性たちと出会ってきたというヴォは、きっとこれからも多様な女性の人生を描いていってくれるだろう。

（はしもと・てるゆき　書評家／ライター）